余生很长 姑娘别慌

杨祖如——

著

台海出版社

图书在版编目（CIP）数据

余生很长，姑娘别慌 / 杨祖如著. -- 北京 : 台海
出版社, 2019.1

ISBN 978-7-5168-2236-4

Ⅰ.①余… Ⅱ.①杨… Ⅲ.①随笔 - 作品集 - 中国 -
当代 Ⅳ.①I267.1

中国版本图书馆CIP数据核字（2019）第026597号

余生很长，姑娘别慌

著　　者：杨祖如	
责任编辑：俞滟荣　曹任云	装帧设计：@嫁衣工舍
版式设计：曹　敏	责任印制：蔡　旭

出版发行：台海出版社

地　　址：北京市东城区景山东街20号　邮政编码：100009

电　　话：010 - 64041652（发行，邮购）

传　　真：010 - 84045799（总编室）

网　　址：www.taimeng.org.cn/thcbs/default.htm

E - mail：thcbs@126.com

经　　销：全国各地新华书店

印　　刷：北京中科印刷有限公司

本书如有破损、缺页、装订错误，请与本社联系调换

开　　本：880mm × 1230mm	1/32
字　　数：140千字	印　　张：7.5
版　　次：2019年4月第1版	印　　次：2019年4月第1次印刷
书　　号：ISBN 978-7-5168-2236-4	

定　　价：39.80元

| 目录 | Contents

序
我明白你会来，所以我等

朋友说，她不想等了。

从二十五岁到三十岁的这五年里，她错过了很多"适合婚姻"的男人，可是她依然不想将就，坚持要找一个"最适合自己的人"，她爱他、他也爱她。

如今她放弃了，她讲了一个神父被困孤岛的故事，他一直祈求上帝去救他。

第一个人驾驶着小船去接他，他拒绝了；第二次来了一架直升机，放下软梯让他爬上去，他还是拒绝了，并且坚定不移地相信上帝一定会去救他……就这样他错过了一次又一次可能被拯救的机会，最后被淹死了。死后他终于见到了上帝，便质问上帝为什么不去救他。上帝苦恼地说："我先后派了那么多人去救你，你都没上岸，你要我怎么办？"

朋友总结道：上帝已经派了很多男人来救我，可我却一直没有"上岸"。

等的那个人迟迟不来，所有人都会产生这样的疑问，就连亲朋好友也在一旁添油加醋地说："女孩子最宝贵的是青春，错过这一村后悔都来不及。"

朋友家里人给她介绍了一个对象，各方面都"还不错"。他在家里人眼中，是一个很好的结婚对象，她对他却没有一点感觉，但是她在心里暗暗告诉自己——这是上帝派来的拯救她的最后一个人。

如果一个人愿意将就，能够找到很多借口；如果一个人愿意等，只需要一个理由。

即便连影视剧都到了大女主时代，可是物化女性之风只增不减，好像嫁出去才是成功的标志，而那些被剩下的，都成了"没人要"的。

就连女人自己也狭隘地把自己囿于年龄的框框里，用短暂的青春，追逐世俗的标准。

年轻时对爱情不将就的豪言壮语早已消失在岁月的长河中，得不到那个最想要的，于是便犹犹豫豫地退而求其次，还四处标榜是成熟的标志。

其实，大部分女人最大的问题，不是年龄，而是自己成长的脚步，赶不上年龄增长的速度。没有人喜欢穷酸的老姑娘，却不会有人嫌弃有钱又精致的老太太。

单身是最好的升值期，毋庸置疑。

在这段一个人的岁月里，请你学会独处，学会与自己对话，学会为自己的世界添砖加瓦。尽早提升自己的价值，你将会有无限的可能。

单身与否并不是一个女孩子的主要问题，是否能够保持一种积极向上的人生态势，包括对初心的坚持，这些才最重要。

二十岁的时候相信真爱，不将就，到了三十岁依然要有这样的心态。

委屈自己并不一定能够求仁得仁，在单身的岁月里努力提高自己，以平和的心态，做好准备，迎接那个人的到来。你若盛开，蝴蝶自来。

不要等，要找

在虚拟的网络世界里，华薇的标签是"性别男、爱好男"，她希望用男人的标准要求自己，比如独立，经济独立，精神也独立。

她是我的闺密，从高中就认识。

华薇确实很独立，典型的"女汉子"，是那种"搬起一桶矿泉水也能健步如飞的姑娘"。

她抓人眼球的，除了175厘米的身高，还有齐腰的长发，中分，颧骨高耸。身高是父母给的，不可控因素；那长发是从大学开始长起来的，每年修一次，不烫不染。

她的手大且不够柔软，一如她的性格，来自骨子里的倔强。

她不服输，也不懂如何迂回。

小时候跟表弟因为争一盆洗脸水而干架，小姨从中调解，让表弟再给她打一盆水，她却固执地怼回去："这盆水不是刚才的那盆。"一如当初她跟初恋男友分手，歇斯底里地喊：

"你不打算跟我走到最后，为什么当初来招惹我？！"

这都属于哲学范畴的事儿，没人能说得清楚。

而事实上，跟初恋分手，是华薇先提出来的，到现在她还在同学中背负"负心人"的骂名。

华薇特别向往大都市的生活，她计划去北京读研究生的时候，也督促初恋一起考，他却每天泡在网吧打游戏，后来初恋让她毕业后跟他回老家，她没同意，恋情就此结束。

她在北京读研，他在老家混日子，两个人越走越远，背负骂名的当然是那个"混得好"的人。

初恋从没给她买过花，第一次收到他的玫瑰，还是俩人闹分手，他抱了一大束给她。这曾经是她梦寐以求的，却又被她狠心丢入垃圾桶。

分手时他泪流满面，她却冷漠得近乎绝情。去北京读研之后，某天她听说他又找了女朋友，她一个人在宿舍哭得肝肠寸断，她第一次深刻感觉到，他所有的温柔和爱都不再属于她。

回忆这些并没有让华薇陷入伤痛。

人们都说初恋一辈子难忘，事实上她现在都记不得他长什么样了，"没准我们在大街上遇见都不认识对方了呢。"她开玩笑地说。

华薇读研的那所学校是体育院校，美女帅哥云集，可是她却没能将任何一个收入囊中。

谈及往事，华薇陷入后知后觉的悔恨当中。那时候她每天在宿舍上网、吃零食，体重比现在还重三十多斤，又不会穿衣打扮，跟一堵墙似的，男生都说她太"大只"。

"拎不清"是华薇的一个标签，人生的每一个阶段她都没能抓住重点，读研的时候很多女同学把嫁人作为第一要务，而她硬生生把自己整成一宅女，蓬头垢面。研究生毕业后，她却没有延续自己的专业，凭着对文艺的一腔热爱，走上了文字工作者之路……

多年之后，她跟一个事业家庭都很有成就的长辈聊天，长辈告诉她一句名言："大事不糊涂，小事不计较。"她才稍微醒悟，自己的人生一直都是糊里糊涂的。

恋情也一样。她住在全国有名的"蚁族"聚集区的时候，隔壁办公室有一男同事经常去找她玩，甚至还带过玫瑰，可她愣是没有反应过来别人在追她，她以为他真的只是"恰巧路过来看看"。

渡边淳一《钝感力》一书中，提醒现代人不要对日常生活太过敏感，钝感力也就是迟钝的能力是非常必要的。从容面对生活中的挫折和伤痛，坚定地朝着自己的方向前进，它是"赢得美好生活的手段和智慧"。

然而，回忆往事，每个人的人生几乎都是被岁月推着往前走，做出一个个在如今看来并不是太明智的选择。我们因为太过钝感，而错过了生命中很多美好的事情。

只是，假如岁月可回头，我们大多数人还是会做出同样的选择。

华薇的第二个恋人是一个巴基斯坦的大男孩小Y，比她小一岁，有着长长的睫毛，大大的眼睛会说话。她一眼就爱上了。

结局当然是惨痛的，他根本就不适合婚姻。

跟小Y的感情失败之后，华薇又进入感情的空窗期。从十八岁开始谈恋爱到二十八，十年的时间，正儿八经地处在恋爱期，也不过就四五年的时间。

行走人世间，谁不是一个人面对风风雨雨，能够有人陪在身边才是偶然事件。

华薇对待婚姻没那么急，倒是家里人太着急，想方设法结束她的单身状态。

跟小C认识，就是通过父母的朋友介绍的，他比她小三岁。

真爱，没有国界、没有年龄限制。世俗定义的那些条件，在她眼中都是"吃不到葡萄说葡萄酸"的心理。

所以，华薇义无反顾地离开生活了七年的北京，去了南京。依然糊里糊涂的，没有做全盘考虑，只有一个念头：她愿意跟小C进一步互相了解。

她是奔着结婚去的，却对与结婚相关的因素一样都没考虑到，甚至连工作也是去了南京重新找的，她说不清楚到底当时脑子里在想什么。

"拎不清"是再好不过的解释。

这一年华薇已经二十八岁，很多朋友的娃都会打酱油了。

在去南京之前，趁着过年大家都在家，双方父母在媒人家见了一面，一片祥和的氛围。然而，到了真要结婚了，麻烦事儿接二连三地来了。

没房子、没车子、没票子，这些是不能回避的问题，但还有解决的办法——凡是跟钱有关的问题，都不是什么大问题。

最大的问题是，两个人的三观不合。

华薇在南京的那段恋情，像一出蹩脚的三流剧。他们本来可以快快乐乐的，可他癌症晚期的哥哥却希望小C跟他嫂子生个孩子。

他没当下回绝，理由是要跟华薇商量一下。他还说他爸妈没意见，因为生出来的孩子都叫他们爷爷奶奶。

伦理道德观念，他没有，他家人也没有。

这件事一直让华薇耿耿于怀。她心中又藏不住事，虽然表面上原谅了，却时不时地跳出来撩拨她的小神经，影响两个人的感情。

后来，华薇听说小C的哥哥去世了，给他发了条短信表示安慰，可他杳无音讯。做不了情侣，两个人也成不了朋友的。这是必然的。

有些人分手后注定是做不了朋友的，虽然很遗憾，但是这世界就是由一个个遗憾所组成，既然不能天长地久，那就感恩曾经拥有。这一别即便老死不相往来，也会在对方心中留下一个感叹号，惊艳过一小段岁月。

离开小C已经有好几年，华薇一直没再谈恋爱，因为没有遇到合适的。她特别不赞同"找"对象，年龄越大越不喜欢主动，太累，索性顺其自然。

她很喜欢一个故事——

1991年5月的一天，铁凝冒雨去看冰心。"你有男朋友了吗？"冰心问铁凝。"还没找呢。"铁凝回答。"你不要找，你要等。"九十岁的冰心说。

"不折腾"是她的座右铭，就像她的齐腰中分顺直的长发，并非想冒充文艺范儿，只是因为懒得折腾。

对待恋情也一样。不折腾，但并不代表对爱情不向往。她在自己的日记里，幻想过无数种两个人坠入爱河的方式，每一种都用情很深。虽然，现实中的Mr. Right仍未出现，但她相信一定会等到。

微疗愈：

华薇的爱情就输在了"等待"上面。

女人之所以选择被动等待，大多是基于女性传统的矜持、害怕被拒绝等原因，在犹犹豫豫当中，爱情就从身边溜走了。

冰心让铁凝等，那是基于三十年前的社会环境，而三十年后的今天，爱情已经不适合"我在等风，也在等你"了，而应该"我不要等，我要找"。

所以，遇到合适的异性，请做一个爱情的主动者——懂得适时的暗示，不要过分矜持，用彼此舒服的方式去相处，如此，获得爱情，就不是那么难的事了。

当然，在找到那个人之前，我们要保护好自己的身心，即便岁月慌张而仓促，也要保持爱的能力和积极的心态，以最好的姿态迎接最好的爱情。

请保持最好的状态

3月14日白色情人节，乔穆喊了我们一帮人为她庆祝"五岁生日"。

五年前的这一天，是乔穆跟初恋男友分手的日子，从此她一年过两次生日，第二次代表重生。

如今，前男友恋爱、结婚、生娃、离婚、再恋爱，她依然徘徊在围城之外，甚至没能谈一场风花雪月的恋爱。

或许这样的姑娘根本就不需要婚姻。乔穆不仅长得漂亮，事业也小有所成，有房有车、有一帮玩得来的女性朋友、每年两三次长途旅游。

乔穆爸妈思想传统，所坚持的理念是"女大当嫁"，整日想方设法把她嫁出去，前前后后安排了无数场相亲，却都以失败而告终。

究其原因，乔穆给出的答案是："没感觉。"

他们都说乔穆的眼睛长在头顶上，非高富帅不嫁。她妈看了《咱们结婚吧》之后对她说："杨桃那么漂亮的姑娘，经历无数场相亲后，不也找了果然那样的男人，不帅、不富。"

其实，乔穆等的就是她的"果然"。

人人都以为漂亮而又有能力的姑娘，一定需要帅气又多金的男人才能配得上，然而真正收服了漂亮女人的，往往都是一些非常不起眼的男人。

他们像水。她是什么样，他就是什么样，用她喜欢的方式陪在她身边。

给乔穆介绍对象的人不少，前前后后相亲的人数快到三位数了，可她愣是没挑出一个可以交往的对象。

闺密们凑在一起琢磨了一番，觉得这只有一个解释：她尚未走出前一次分手的阴影。

先来了解下乔穆的初恋，也是她唯一一次恋情。

读书时，那个男生是校草，高而瘦，长相阳光，家境殷实，追他的人一大把。乔穆做梦都没想到他会看上当时还不太起眼的她，两人开始了一场轰轰烈烈的异地恋。

恋爱的时候，即便他不常在身边，乔穆也对他言听计从。姐们一起去happy，都到酒吧门口了，他一个电话打过来，她麻溜地跑回家陪他视频聊天。

他们爱了五年，也见过双方父母。虽然她未来的婆婆因为她是农村姑娘不怎么待见她，可也并没有表示强烈的反对。她以为两个人的下一个目标就是婚姻了，不料却是情深缘浅。

分手是乔穆先提出来的，因为他没处理好一条绯闻。其实，那时关于他和她们的流言蜚语很多，谁让他长得帅呢。她表面不动声色，可矛盾日积月累，终于因一件小事悉数爆发。她起初耍小女孩性子，没想到事情越闹越大，最后终于没法收场。

现在想来，谁也说不清楚为啥分手，反正两人就这样各奔东西，即便她已经辞了工作准备嫁鸡随鸡。

乔穆说："感觉稀里糊涂的就分了。"

大多数人的初恋，开始的时候懵懵懂懂，分手的时候还是一样搞不明白原因，成了一个谜一样的公案。

他走的那天晚上，乔穆抱着二锅头瓶子，一口气灌了下去，酒精所到之处刺啦啦的灼热，一直烧到胃黏膜。虽然只有二两酒，却让她吐得稀里哗啦，然而头脑极度清醒：从此再也不相信爱情。

前些年，她前男友离婚，所有人都怀疑他们会旧情复燃——他们在网上一直有联系，而且跟闺密聚会时，她总是会提起他，提起那些过去。

念念不忘，必有情况。

乔穆娇小的身体里爆发出一股巨大的能量，几乎跳起来："我承认那时很爱很爱他，离开他就不能活，可如今我怎么会再爱上那样的人呀！"

时间确实能改变一个人。五年前的乔穆穿背带裤、运动鞋，马尾在后脑勺蹦得欢快，送她一个二十块钱的毛绒玩具就能开心半天；而今的她，踩着性感的高跟鞋、背着昂贵的坤包，人有品位了，选男人的眼光自然也要上一个台阶。

而那个男人呢，上学成绩差，上班没成就，整天抱着电脑打游戏。母亲俏得像开了屏的孔雀，对他不管不问，父亲去世之后，更是放任自流。他大学毕业回家接了父亲的班，享受着公务员待遇，一个月两三千块钱，全靠吃家底。即便再好的皮囊，在生活面前也不过是一张画皮。

屈原说："吾闻之：新沐者必弹冠，新浴者必振衣，安能以身之察察，受物之汶汶者乎？"刚洗头的人都要弹去帽子上的薄灰，刚洗澡的人都要抖掉衣服上的尘土，怎么能让自己的清白之身，沾染外界的龌龊？

不过是刚洗了头、洗了澡就要做这么多的动作，对于一个脱胎换骨的人来说，必须得给自己营造一个全新的世界。

人道是，去年的旧衣服配不上今年的新发型，不思进取的旧情人怎么能配得上自己开挂的人生？

女人需要的是对男人的崇拜感，当曾经深爱过的男人变得如此窝囊，女人会暗自庆幸：幸好嫁给他的人不是我。

一步一个脚印爬上来的女人，最看不起的就是自甘堕落的男人。

想起曾经爱过这样的人，乔穆也掩饰不了内心的火。

"当初一定是脑子被门夹了，分手后的一年，总会情不自禁地流泪，真丢人！"

跟前男友复合看来是不可能了，找一个适合的男人好像也并不容易。

"如今这社会，长得清纯又帅气的男人都有男朋友了。"乔穆开玩笑地说。

女人在"脱单"这件事上，到了一定年纪反而不那么着急了。

有些事是人为可控的，有些事是上天注定的。我们做好自己，控制能够控制的事情，同时也不与自己较劲，把不能控制的交给上天做决定。

当然，乔穆并不排斥相亲，即便远方老家的亲戚把一个呆头鹅似的男人夸得如花似玉，她也没有对相亲失望过，更没有独身主义的念头，波伏娃和萨特那种不凡之恋，也不是她的菜。

曾有一个条件很不错的富二代追求她，他是乔穆大学校友的表哥。那会儿他还在美国，每天一个越洋电话。网络和电话聊得异常火热，但不幸的是有一个词叫"见光死"。

如果一个男人有钱又对你好，还有什么好挑剔的？

鸡蛋营养丰富，每100克含蛋白质约14克，脂肪8.6克，还有各种人体所需要的矿物质、氨基酸，与人体蛋白质组成相近……那又怎样？就是有很多人不喜欢吃、受不了那个味儿。

乔穆这次"见光死"，死在身高上。

据说他还不到165厘米。乔穆虽然不高，却不能接受。

如今，前尘往事随风飘散，酒吧里前来搭讪的男人清一色的95后，脸蛋嫩得可以掐出水来，可二十八岁的乔穆依然我行我素。她从不主动出击，有人介绍对象也不排斥相亲，没人介绍就跟闺密们厮混在一起，反正总不让自己闲着。

她说这是她最好的状态，对待爱情不谄媚，也不泼冷水。

如果上天故意丢给她许多不合适的对象蒙蔽她的双眼，让她错过不少合适的，她也全盘接受，因为在"练爱"的过程中碰到的壁垒、承受的压力，能让她对自己、对爱情有更客观的认识，对未来的另一半也能有更多的理解。

世上最重要的事，不在于我们身在何处，而在于选择什么样的方向前行。向着快乐出发，就一定能收获欢声笑语。婚姻是要找到那个会"魔法"的人，跟他在一起可以让"1+1＞2"，遇到这样的人，就婚了吧。

微疗愈:

人生所走的每一步都有其背后特别的安排,此一时的势能低谷,一定是在为彼一时的高峰期储蓄能量,如果没达到你想要的高度,那一定是储蓄的力量还不够。

乔穆的当下状态,就是在给爱情储备"势能",等到爱情来临的时候,能够顺理成章进入一段亲密关系。

时过境迁,终于明白,人生没有白走的路,每一步都算数,它们拼凑起来,带我们走到了现在,成就了今天的自己。

感情生活也一样,如果还没遇到那个合适的人,除了捉摸不透的缘分之外,就是现在所有的努力,都在为以后的相遇做铺垫。这就像一棵树的成长,需要用心浇灌,也需要给它成长的时间,不能着急,也不能懈怠。

单身的时候,要保持积极的心态,别错过任何一个可能遇到爱情的机会。

一个人的心态,决定了生活的状态。

多好的自己才配多好的他

认识程芮的人都知道她有多么想"脱单",她是一个标准的恨嫁族。

为了嫁人,程芮把两年工作的积蓄都交给了一家高档婚介机构,据说在那里的会员,非富即贵。

她沾沾自喜地说:"这个地方有专门的形象包装课程,教人如何穿衣打扮、化妆美容,还会定期举办比赛:笔试中国传统文化方面的知识,实操家务、做饭,最后由一个总的监考官进行面试分出名次……"

不过是一场你情我愿的游戏,哪儿能当真呢。

可是,二十七岁那年的程芮愿意相信,而且深信不疑。

即便后来人财两空,她依然为对方辩解:"虽然在那里没找到对象,可是我的观念却发生了变化,我深刻领悟到一个残酷的现实:在别人不太了解你的情况下,姿色永远大于真才实学,要学会做一个精致的女人。"

后来,程芮每每出现在公共场所都要经过仔细包装,从妆容、服饰到坐姿，反正让大多数人找不出破绽。就连腿都亮晶晶的，据说是涂了橄榄油，这样看起来更性感。

程芮有800度的近视，戴了二十多年的近视镜。某天去逛街的时候，她突然发现"酒瓶底"让她的美貌大打折扣，狠心去做了激光手术。第二年，她又嫌弃自己的眼睛太小，直接杀到韩国整了一双大眼睛。眼睛不仅是心灵窗户，更是一张漂亮的脸蛋不可或缺的点缀。

有的女人，即便出门倒垃圾都要把自己捯饬得一丝不苟。

程芮慢慢地变成了这样的女人。

对于普通女人来说，最可怕的事情，是比你漂亮的人，还比你会保养、打扮。看到她，你不得不审视自己是不是活得太糙了，有愧于"女人"这个称号。

初次见面的人，都会被程芮的漂亮外表所折服。她皮肤好、又懂保养，即便三十三岁"高龄"了，依然嫩得像含苞待放的小姑娘，再加上168厘米的标准身高，好生让人妒忌。

然而，谁又能知道，就是这样一个内外兼修的漂亮姑娘，也有自己的软肋。

程芮内心就有种嫁不出去的恐慌感，嫁人，始终是她人生的头等大事。即便她已是一家公司的中层管理人员，未来的职业发展十分明朗。

可这事儿好说不好做，如果做多了，就等于揠苗助长；

如果做太少了，无异于杯水车薪。

程芮在这个"度"上摸索了很长一段时间。

她不知道从哪儿听人说，大龄女性想要"脱单"，只有两个方法，一个是搬家，一个是换工作。前者能让你结识新邻居，后者能让你拥有新同事，说到底是扩大生活圈子。

程芮双管齐下，跟朋友们简单告别之后，带着一大包行李从北京飞去了上海，这一待就是一年。

不理解这事儿的人，也不会明白一个女人恨嫁的心。

程芮去了上海之后，一切从头开始，找工作、租房子、重新建立自己的朋友圈，期间交了不少新朋友。不得不说，这姑娘运气好，在上海刚溜达了一个月，便跟小他三岁的J先生相识、相知、相爱，虽然他家人对这桩恋情表示反对，可他本人却痴迷于她。

他们计划背着家人先领证，生米煮成熟饭，一切也便顺水推舟。可就在这事儿如火如荼地开展之际，J先生发现了她的秘密——那是程芮婚礼现场的照片。

是的，程芮曾经"结过婚"，她跟前男友虽然没有领证，但婚宴却是热热闹闹地办了十几桌。只是后来因双方家庭的原因，两人大吵一架之后分了手。

那天晚上J先生很平静，可此后俩人的关系却一点点降温，少了往日的你侬我侬。

关于她的过去，她本来有计划跟他坦白的，只是还没找到合适的机会，但很可能，如果不是东窗事发，她永远也选不好"良辰吉日"。

坦白是一个女人希望一份感情长久的方式，简单的几句话就能描述结果。可是，过去种种的结果，是由一个又一个过程导致的，局外人哪儿能从三言两句中明白那时那刻当事人的心境呢？

跟J先生冷战期间，他一点没有求和的姿态。几次沟通后，程芮也放弃了。她给我打电话："终究还是我不够好，不足以让自己的优秀涂抹掉过去的那一段污点。"

我立刻回她："那不是污点，只是人生的一段插曲，别太在意。"

不久后，J先生被公司派去美国出差，两人就此彻底分手。

失恋后的程芮又回到了熟悉的北京城，她重新收拾好心情，开始了新一轮的相亲。

她时刻提醒自己，嫁人并不能让一个女人变得更好，只有让自己变得更好才能嫁给自己理想中的男人，并且留住他。

很好，她想明白了。

可还有很多姑娘却把握不住这个先后顺序，徒劳无益地折腾完了所有的青春。

去年，程芮那个在婚礼上说会爱她一生一世的"前夫"把生意做到了北京，辗转知道她还是一个人，没少对她嘘寒问暖。她差一点就心动了，过去阻挠两人在一起的因素被打破，他们完全可以从头再来，可偏偏他已有了家庭。

虽然恨嫁，程芮却有自己的原则，如果快乐是建立在另外一个女人的悲伤之上，再喜欢，她也不要。

女人的修炼，由内而外。除了找对象，程芮对自己的未来也有系统的规划。她着手考MBA，买了一大摞书回来啃，一点都不含糊。

这些年，程芮把嫁人当成事业一样去打理，她明白有多好的自己，才配有多好的他。

虽然暂时还没找到合适的人，但是拥有这种信念的女子，运气一定不会太差。

微疗愈：

很多女孩都是在寻爱多年后才明白，单单靠外表吸引一个男人，显得多么苍白无力。

中国女性的爱美程度，已经闻名全球。而与此同时，据媒体报道，中国人年均读书0.7本，与韩国的人年均7本，日本的人年均40本，俄罗斯的人年均55本相比，阅读量少得可怜。

女性好像也沉迷于"美丽"不能自拔，她们普遍认为长得好看就能够获得更多的便利，比如，漂亮姑娘更容易获得爱情。

可笑的是，世界级别的选美都要求"才貌双全"，而不少姑娘依然做着"一旦我变美了就能找到更好的男朋友"的白日春梦。

俗话说，喜欢一个人始于颜值，陷于才华，合于性格，久于善良，忠于人品。

不可否认，长得好看确实有一定的优势，但是高颜值毕竟只是一块敲门砖，对于一个女人来说，还有更重要的东西等待对方去开发。

比如，要有见识。不要把自己局限于某一个小天地，要主动走出去，见过真诚、也见过虚伪，见过阳光、也见过黑暗，见过迷惘、也见过通透，养成从容淡定的气质，在荒芜的世界保持波澜不惊的姿态，最后成为更好的自己。人的一生其实就是不断地见天地、见众生、见自己的过程。

再比如，要有高情商。它决定了一个人在高位上维持的时间。做一个高情商的人，要学会及时闭嘴，善于倾听他人的心声；要有好情绪，每天做一个情绪稳定的成年人；要懂得尊重他人，即便是最好的朋友也要说话得体；要对身边的人保持耐心，付出更多的爱。

岁月终究会带走一个女人的美貌，只有才华、性格、善良、人品，才是伴随一生最宝贵的东西。

你的不如意，不是因为不漂亮

初听到S小姐的全名，大多数人会联想到的形容词是"温婉""可人"。

可是，她本人却与这些形容词大相径庭。

S小姐约莫170厘米的个头，喜欢穿性感的超短裙，两条白胖胖的大腿并在一起，看不到缝隙，经常用浓厚的妆容遮住她的本来面貌。

镜头再拉近，就能看出她的不修边幅，脸上的粉底浮在表面，刘海也贴在前额上。

她跟人面对面说话的时候显得不够自信，总是不自觉地撩刘海，客气地说自己不太会化妆，说母亲没能给她一个漂亮的皮囊，以掩饰喷薄欲出的自卑。

她长得不漂亮，而且她还试图掩盖自己的不漂亮，反而弄巧成拙。

她以为她的人生失败和爱情的不如意都是因为不漂亮，可是真正让大家对她敬而远之的，是她那与年龄不相符的油腻、衣着不得体、个人卫生状况差，试图通过浮夸的衣着掩饰极度欠缺的不自信，还总是把一切的不公都归因于原生家庭。

相较于中年人的油腻，年轻人一旦认真油腻起来，杀伤力会更胜一筹。

S小姐在单亲家庭长大，跟母亲一起生活，即使是当着我们这些室友的面，她也喊她妈妈的大名：林芝。

S小姐不止一次给我们讲起她小时候的故事。

林芝生完S小姐之后，男人就再也没有出现过。她恨那个男人，连带着也恨S小姐，她从不让她喊妈妈，她认为那样会显得她特别老。

S小姐之所以这么胖，是因为有哮喘的顽疾，小时候服过一种含有激素成分的药，身体便像吹气球般，一日日见长。

林芝看着S小姐，经常叹息着说："你怎么能这么丑，哪儿像我的女儿！"

S小姐从不把这话放在心上，因为不管美与丑，她不需要在任何人面前伪装。

直到青春叛逆期，她意识到林芝对她没有一点点母爱，她学会了顶嘴。

她再说她丑，她便以牙还牙："谁知道你那脸上有几分是原装的！"或者是："我有多丑，你爱过的那个男人就有多渣！"

母女俩的关系一直很僵，后来S小姐考到了外地读大学，她们终于做到了"两不相见、两相安"。

武志红说："其实我们大多数人的人生，就是不断地重复同样的事情。如果你得到了幸福，你就重复幸福。如果你学会了信任，你就重复信任。相反，如果你得到了痛苦，你就复制痛苦。如果你学会了敌意，你就重复敌意。这种强迫性重复，就是所谓的命运。"

林芝的那些话虽然不在S小姐耳边响起，却在她心中一遍遍重播。她认定自己是一个不漂亮的姑娘，那些漂亮姑娘享有的特权，她一杯羹也分不到。

比如，爱情。

即便罗曼·罗兰曾经点拨过年轻人，当两人之间有真爱情的时候，不会考虑到年龄的问题、经济的条件、相貌的美丑、个子的高矮等外在的无关紧要的因素。但是，罗兰穿越时空的名句并没能教会S小姐坦然面对现实。因为对外貌的不自信，她在感情路上走得很不顺利。

S小姐学的是计算机专业，毕业后在一家IT公司做软件工程师。在这个男多女少的特殊岗位上，她也发挥过她的性别优势和独特才识，吸引到一些志同道合的人。

第一个向S小姐伸出橄榄枝的帅哥，身形虽瘦弱，却彰显出大男人的姿态，对她特别友好，处处给予她帮助，不管是工作上还是生活中。

可是，他越是对她好，她越躲着他。

她认定他这样的条件，绝对不会看上她这类姑娘："一定是别有用心。"——她也不知道自己到底哪方面值得别人这般"用心良苦"地"别有用心"。

终于有一天，她忍受不了他的"别有用心"，当众羞辱了他，从此她再也没在公司看到过他。

这是她二十二岁那年发生的"事故"。

后来，她读到王小波给李银河的情书合集《爱你就像爱生命》。王小波柔情地表白：一想到你，我这张丑脸上就泛起微笑。

她的整颗心都化了。

李银河也曾经怀疑过，两个不漂亮的人相爱，会有幸福吗？后来的事实证明他们是幸福的，他们的爱情也成为广为流传的佳话。

两个不漂亮人儿的圆满爱情给了同样不漂亮的S小姐一点点自信，她开始向往爱情、婚姻。

S小姐二十八岁那年曾经谈过一场恋爱，这是她唯一一个正儿八经的爱情故事。他们是通过网络认识的，对方比她大两岁，是一家金融公司的主管。

他们一起吃饭、看电影，他经常在她公司楼下等她下班，让她享受了漂亮姑娘在恋爱中的待遇。

他带她参加朋友的聚会，那些朋友张口闭口"金融""股票""基金""贵金属""钱生钱"。她云里雾里，一点都听不懂，心底却生出对他的崇拜。

席间，一个穿着时髦的女孩子讲述了自己的发财故事，建议S小姐也参与进来，利润是银行利息的上百倍。她爽快地答应了，与其说是为了追逐高利润，还不如说是为了给男朋友面子。

S小姐把这些年攒的二十万嫁妆钱全部投到了男友的金融公司，满怀欣喜地坐等金钱和爱情双丰收，等来的却是他人间蒸发。

S小姐刚积累的一点自信，一下子被摧垮了。她从此一蹶不振，除了上班，便是把自己隐藏在网络背后，从他人的故事里读自己的悲伤。

人生就是一个捕猎场，那些小心翼翼又不自信的人最容易成为猎物。他们用爱情作为诱饵，使用甜蜜攻心计，步步为营，从不空手而归。

有时候你以为自己伪装得很好，等危险来临的时候，你才知道有些陷阱根本防不胜防。

不管是好看的皮囊，还是有趣的灵魂，都逃不过这一劫。

S小姐也有过暗恋的男孩子，校友，从高中就开始喜欢。

他们家住得并不远，她几乎每天放学都能看到他骑着单车呼啸而过，可他们从没有说过一句话。

S小姐的暗恋史就是一部跟踪史，她说："如果你喜欢一个人，就跟踪他，了解他的一切动态。"

她辗转从其他人那儿得到他的QQ号，伪装成漂亮姑娘，跟他维持了一场长达十多年的网络友谊。他们分享生活中的喜怒哀乐，她轻松了解到他的全部生活，他父母离婚了、他考上了北京科技大学、他在大学里谈恋爱了、他分手了、他工作了……

她也跟他聊，十分主动地汇报自己的生活点滴，当然都是她瞎编的。她在笔记本上一笔一画地记录他们聊过的事，虚构了另一个自己。她有时候会以为这个世界真的有两个自己，一个是公主、一个是女仆。

有一段时间他说他累了，想找个人结婚生子，过简单的小日子。

他说："既然我们这么聊得来，又都是'单身狗'，为什么不能凑在一起做一对'幸福汪'呢？"

他要来找她，到有她的城市生活，她一下慌了神。

她反复问自己："我是该勇敢面对，还是继续神秘地伪装下去？"

最后，她逃开了，于是她再一次错过了一直向往的爱情。

隐藏是人类的一种本能，特别是面对危险情况时，能够很好地自我保护。但是，如果一个人太会隐藏自己，即便是面对自己喜欢的人，也不轻易表现出情感的流动，这未必是一件好事。因为隐藏得越深，失去对方的可能性就越大。

不漂亮姑娘的爱情结局，早在一百多年前，夏洛蒂·勃朗特就在《简·爱》中进行了探讨，她通过简·爱之口发出呐喊："你以为，因为我穷、低微、不美、矮小，我就没有灵魂没有心吗？你想错了！——我的灵魂跟你的一样，我的心也跟你的完全一样！如果上帝赐予我财富和美貌，我会使你难以离开我，就像现在我难以离开你一样。我现在跟你说话，并不是通过习俗、惯例，甚至不是通过凡人的肉体——而是我的精神在同你的精神说话：就仿佛我们两人穿过坟墓，站在上帝脚下，彼此是平等的——本来就如此！"

每一个不漂亮的姑娘，心中都应该住着一个简·爱。

微疗愈：

S小姐最主要的问题不是长得不漂亮，而是她的自卑，和自卑带来的扭曲。

她邋遢。不要以为"油腻"这个词只能跟中年人挂钩，年轻人一旦油腻起来一点儿都不含糊。网上有一个段子，姑娘怎样都好看，高的叫高挑，矮的叫可爱，胖的叫圆润，瘦的叫苗条。可是，你要别人怎样通过你油腻的头发发现你的

"美"？

她不自信。一千个人心中就有一千个哈姆雷特，谁规定男人只能喜欢肤白貌美大长腿的女人呢？每个男人心目中，都有属于自己独一无二的女神。你可能长得胖，可你书读得多；你可能眼睛小，可是你笑起来很迷人；你可能脸大，可是你腿长；你可能没有瀑布般的长发，可你适合短发……你如果不自信，这一切转折的"好运"都与你无关。

她笨。别人稍微对她好一点，她就掏心掏肺，把全部家当悉数交给了别人。这不是真正的爱情，这是过度寂寞后遗症。又不是初出茅庐的小姑娘，如果没有一点风险判断意识，以后还会吃更多的亏。

她矫情。一边躲起来独自舔舐伤口，一边伪装成漂亮姑娘与暗恋对象"勾搭"，当别人"上钩"之后，她又扭扭捏捏地退缩。

为什么一面自卑一面又不给自己变得更好的机会呢？胖，哪怕是药物性肥胖，也可以努力运动让身体更结实一些；不够漂亮，但也可以保证自己出门清清爽爽，装扮得宜；没有钱买漂亮新衣服，那就穿那件旧的，洗得干干净净，熨烫得平平整整，同样也会散发着别样的芬芳……

所以，不漂亮真没你想的那么重要，但是如果你自己不改变，真就没人能帮得了你。

只要是对的人，晚一点也没关系

我的朋友Z小姐在文化沙龙获了一个大奖，年度最佳美文作者。

她的获奖感言是这样的："首先，要感谢我未来的另一半，他至今未出现，让我有了大把独处的时间，培养了爱看书、爱写字的好习惯；其次，感谢我的老妈，因为她从我二十五岁就开始逼婚，让我一度怀疑爱情和婚姻，便一头扎进书海里找答案；最后，感谢我的好朋友们，因为你们一个个走进围城，让我也随之蛰伏在家，没有酒精的日子，身体变得结实、健壮，所以才有更多精力坐在电脑前码字……"

在众人雷鸣般的掌声中，一袭白色长裙的Z小姐款款走下台。

如今的Z小姐身材窈窕，理着一头干练的波波头，额前的刘海有一个好看的弧度，眼睛大而有神。她化淡淡的妆容，肌肤光亮而又有生气。

Z小姐的工作跟文字毫不相干，她在金融公司做理财专员，每天穿着黑色西装套裙跟不同的人周旋，口若悬河。这份工作，她一干就是三年，比她之前任何一份工作都长久。

金融公司收入高，这是Z小姐留下来的主要原因。

金钱是实现人生自由的敲门砖，一个三十岁的女人如果懂得赚钱比矫情的文艺范儿重要，那她就不会过得太差。

十年前，二十一岁的Z小姐刚走出校门，就跟相识了三个月的男友领证闪婚，五个月后闪离，速度之快，根本没来得及通知身边的亲朋好友。

离婚的原因很简单，性格不合——这四个字适用于人世间一切破裂的感情。

其实，前夫对Z小姐很好。房子虽然是租来的，但是感情却是真金不换的。除了上班时间，他们都窝在一起，一日三餐，单纯又美好。这样过了三个月，Z小姐突然在卫生间晕倒，打破了宁静的小日子。

医生宣布，由于孕妇营养不良，孩子没了。

Z小姐甚至都不知道自己怀孕了。

没钱住院，前夫不得不把结婚的事儿跟父母说了，两位老人扔了点儿钱给他，也没来医院看一眼。那时的他也年轻不懂事，笨手笨脚地与医院打交道、照顾她。

出院后，Z小姐辞了工作，她不愿意出门，也不敢独自待在家中，一定要他在家里陪她。

他一开始跟公司请假，后来请假次数太多，被开除了。

她依然不依不饶，常搂着他哭，眼泪随时都会掉下来。

她打他、咬他，满腹的委屈，抱怨说他不爱她，他父母甚至都不来看他们一眼，他没能力保护好他们的孩子……

Z小姐的表现令人担忧，他怕她抑郁，更怕她控制不住而自残。

情绪不稳定犹如埋下了一颗定时炸弹，一时让人束手无策。

他找到了Z小姐父母，将两人的关系一五一十地交代了，同时放下一份他签过字的离婚协议书，从此消失不见。

Z小姐的父母找到宝贝女儿时，她蓬头垢面地窝在脏兮兮的床上，身体虚弱、唇色发紫。

Z小姐跟父母回到家乡，那里正在搞大建设，到处都在修路、挖地，一片兵荒马乱。这里不再是她熟悉的模样，甚至连对门的邻居也变成了陌生人——她不喜欢这样的城市。

可是，也正因为这样的巨大变化，让她有些心安，没有人认识，可以从头再来，不是吗？

Z小姐在家休养了半年，足不出户。为了不让父母担心，她成天读书、做笔记、记录情绪的起伏。她知道父母偷偷关注她的微博，她便写了很多贴心的文字。

Z小姐变了，之前她从没站在父母的角度去想问题，如今她却把他们摆在第一位。

Z小姐总结婚姻失败的教训，错在自己的不懂事，太较真。

其实，爱情中哪儿有那么多对与错，不过爱得太浓烈，一下子把所有的感情用光了罢了，余下的便是犹如白开水一般寡淡的岁月。

Z小姐的第二个恋人，经常在读书网站跟她互动。她读书、写读书心得，他总能跟她找到相同的节奏，后来两人干脆约线下见面，探讨书籍里的人生大智慧。

这个网名叫千言的男人，人如其名，性格开朗、话很多。他开一辆大大的越野车，戴着金边眼镜，斯斯文文的，在一家外企做合同审计，比Z小姐大八岁。

他说他之所以到现在没找到对象，就是因为现在的姑娘太肤浅了，连"合纵连横""长恨歌"都说不出个所以然来……

Z小姐安静地听他说话，蜗居了半年之后第一次与人交流，这让她产生了一种新鲜感。

她专注地盯着他的两片唇，它们时而伸展成两道好看的月牙形，时而聚成一团，伸缩自如，她不由自主地摸了摸自己柔软的唇，轻轻地咳了下，发出了声音。

她不自然地做了个吞咽动作。

她惊讶于嘴巴的神奇，至于他讲话的内容，她早已忘得一干二净。

Z小姐喜欢听千言说话，他每次邀她出去，她也不推辞。他带她参加各种聚会、见他的朋友，她不怎么说话，只盯着他们的唇，出神地看。

后来，她惊讶于自己也能流畅地与人交流，便不吝啬自己的语言，跟他们天南地北地侃侃而谈。

千言说："我不喜欢滔滔不绝的女人，一点内涵和城府也没有。"

他跟她抱怨别人的女朋友太聒噪，同时也拐弯抹角地提醒她。

可是，Z小姐根本没有领悟到他深层次的意思，更加渴望与人沟通、交流。她甚至主动组织起了聚会，结识了很多新朋友。千言成了一个编外人员，心里不高兴。

千言终于当着众人的面对Z小姐发火了："你能不能少说两句！言多必失、言多必失，书都读狗肚子里了吗？！"

Z小姐冷笑一声，说："我是跟大家拉家常，不像某人没完没了地炫耀才华！炫耀就炫耀吧，说错了多少常识，自己知道吗？孔子他老人家说的'学而优则仕'，不是学习成绩好必须做官，而是学术搞好之余，如果还有精力，可以去做官……"

跟千言分手之后，Z小姐意识到自己的话太多，她不知道当着这么多人的面，滔滔不绝有什么用；同时她也不明白，为什么要在大庭广众之下那么损千言。

她开始明白，读书是为了让一个人变得越来越低调，而不是让全世界知道你的低调。

然而，两个人的相处跟书、跟其他的身外之物又有什么关系？

说好的在爱情中要做一个"宽宏大量"的完美恋人，包容对方的一切缺点，欣赏彼此的与众不同，可是待我们找到了那个最理想的"恋爱坯子"，却又激发出工匠精神，反复用行为、语言的小凿子，按照心中所设想的去雕琢，一丝不苟。

人人都成了艺术家，不懂艺术的艺术家；人人都成了受害者，施害的受害者。

矫枉过正，是Z小姐给自己的又一总结。

感情暂告一段落期间，Z小姐加入了一个文化沙龙，跟朋友们分享读书心得、写东西，认识了一群有趣的人。

获得"年度最佳美文作者"的当天，她还收获了爱情，沙龙里那个高个子帅哥袁朗跟她表白了。

如今，俩人相处快一年了，Z小姐知道自己一定会嫁给他，因为他们都觉得跟彼此待在一起"很舒服"，这才是婚姻最重要的前提。

沙龙又一年的颁奖，袁朗终于把戒指戴到了她的无名指上。

主持人开玩笑地问Z小姐："是不是有想打他的冲动，让你等了这么久？"

Z小姐摇了摇头，说："要感谢上天，没能早点让我遇到他，能在一起是一种'刚刚好'的缘分。如果早一点，我的不懂事会吓跑他；如果晚一点，我的太懂事会让他得不到成就感！"

我们被人雕琢也雕琢别人，既深刻认识到自己在爱情中的疯狂，又能体谅对方的偏执，最后虽然没能成为一个"艺术家"，却学会了理解。

在两个人的相处中，遇见爱，遇见性都不难，难得的是遇见理解。你懂我的矫揉造作，我懂你的沉默寡言。

微疗愈：

罗辑思维创始人罗振宇说过一句话：在人的主观世界和客观世界之间有一条沟，你掉进去了，叫挫折；你爬出来了，叫成长。

Z小姐二十一岁那年发生的事情，就是横亘在她面前的一条深沟，好在她包容并且接纳了发生的一切，重建了自我，让自己的世界变得更广大。

爱情没有好坏，在爱情中也没有完美的对方，只有互相包容的两个人。遇见感情与遇见成功一样，都需要天时、地利、人和，缺一不可。

在爱情中，幻想的一切美好、两情相悦，都是主观世界的一种想象，而摆在现实面前的柴米油盐酱醋茶，则是实实在在的阻挠。不同的人生阶段，会遭遇不同的烦恼，那些听不懂你发出的爱情信号的人，也不是你要找的人。

人生中有些弯路，是我们注定绕不过去的坎儿。面对这样的境况，有些人索性止步不前，把自己封锁在一个狭小的空间里，与现实妥协；有些人则大胆向前，把拦路石当成了垫脚石，看到了不一样的世界。

不要怕走弯路，人生没有多余的路，每一步都算数。

多走了弯路，多看了风景，我们的心也就越发平静淡定。

让岁月历练出一个更好的自己，只要在路上，就不怕找不到同路人。

爱情没有饶恕你，你为什么要放过它

　　三十岁之后，楚瑜身边的朋友对待爱情的价值观出其不意地一致，他们羞于将"爱"这个字说出口，好像爱情成了禁忌，不能登大雅之堂。

　　在他们眼中，这把年纪了，找个差不多的人"搭伙过日子"才最接地气。

　　相亲归来，所有的亲朋好友都对楚瑜说："只要男人家庭条件好、工作好、有房有车，还奢望什么呢？"不知足会引起众怒的，还会被整个社会孤立。

　　关于结婚，好像一过了三十岁，便是为了结婚而结婚，但凡有人说想找一个自己爱的人，都能被唾沫星子淹死。

　　大家都是这样的，不是吗？

　　不光是在别人口中，楚瑜的自我感觉好像也发生了很大变化。

　　二十多岁的时候，觉得爱情触手可及，如影随形；如今，爱情与她相着两庆，连再见也没说，逃之夭夭。她也对爱情早没了憧憬，甚至对大街上的帅哥也提不起兴趣，因为她知道跟她年龄相仿的都忙着给别人暖被窝，那些"小奶狗""小狼狗"又都不是她的菜。

年轻时荷尔蒙爆棚的悸动，也被岁月逐渐从身体里抽走，只留下一个空落落的躯壳。

人类的死亡是分两次的，大多数人在三十岁左右经历一次灵魂死亡，失去爱和被爱的能力，失去梦想，失去年少时对未来的畅想，变成一堆行尸走肉，然后到了七八十岁再经历肉体死亡，灰飞烟灭，完成死亡的全部过程。

楚瑜经历过两次感情的磨炼。

第一段感情，他是她的美术老师，潇洒、风流。他请她当模特，她欣然同意。她钦佩他的才华，将心毫不保留地奉献给他。他们也好了一段时间，直到她发现暑假她回家后他请了高一届的师姐当模特，尺度大得让她咋舌。他说这是艺术，她说这是借艺术之名乱搞。

轰轰烈烈的情感，像是建在沙滩上的大厦，轰然倒塌，在她心头撞出一个久不能抚平的深坑。

楚瑜从大学退学之后，只身来到北京，加入了北漂大军，住在曾经有名的蚁族聚集区，早上等公交车的人排起数百米的长队，下雨天车子碾过坑坑洼洼的马路，溅得行人一身泥水。

第二段感情就是在这个环境里建立起来的。他住她楼上，上楼梯的脚步声缓慢而沉重，路过楚瑜门口的时候会停下来，对她笑，然后递上一包零食，有时候是一束玫瑰。

他是工作狂，在一家IT公司当软件工程师，只会赚钱，不会花，是难得的"中国好男友"。

这段感情持续了三年，在这段时间里，他们的足迹遍布北京的大街小巷，天安门、后海、三里屯、北大、清华、故宫……

在很多人眼中，他们应该是快乐的，但是楚瑜心中十分清楚，她不快乐，她迫切想结束这一切，因为他的无趣。

除了对着电脑看那一堆楚瑜不明白的代码，他一点兴趣爱好也没有，对人生经历的每一件事情都没有任何感觉，心像一个平静的湖面，毫无涟漪。

终于，在他做了第N顿"土豆肉丝"之后，楚瑜离开了北京、离开了他。

这一年，她三十岁，额头依然光洁如镜，心却像是沧海桑田的老人。

这两段感情毁了她对爱情的所有幻想，她把心妥善地收藏，不轻易交给任何人。

楚瑜在网上看了狗仔偷拍某位明星的恋爱视频，虽然只是模模糊糊的人影，也能猜个八九不离十。那个纤细的影子，踮起脚尖走到他面前，在他脸上轻啄了一下，便连忙欢快地跑开了，像一个初恋的小女孩。

楚瑜的心突然紧了一下，曾几何时，视频里这个人不就是自己吗！一个娇羞的小女孩，此生最大的愿望是投入恋人的怀抱，免无枝可依、免颠沛流离。

是什么，让我们对爱情没了憧憬？

心理学家说，一个人如果在同一件事情上屡战屡败，就会发生习得性无助，对自己失去信心，再也没有勇气尝试。

社会给80后贴上了"暮气沉沉"的标签，楚瑜是坚决不敢苟同的，她是一个多么积极向上的人呀！她拼命工作、职位一年内升了两级；她酷爱学习，去年还考上了名牌大学的在职研究生……

多年不见的朋友A来探望她，两人抱在一起有说有笑。她激情昂扬地跟A讲述自己的生活、工作，带她看了自己新买的房子、车子，恨不能用一切来证明她过得很好。

可是，A看着她，眼里却是晶莹剔透的泪。

她说："你一切都好，可就是缺了点儿东西……爱！"

缺爱！

楚瑜从没觉得汉语中还有这样一个妥帖的词可以形容自己的现状。可不是吗，她就是缺爱啊：爱人、爱己，她早已丧失了这些能力！

我们经常把"爱"挂在嘴边，它是我们再熟悉不过的字眼，可是上天总爱捉弄人，我们念念不忘的，却最是欠缺的。

扪心自问，有多久没有爱上一个人了？有多久没认真地问一问自己到底累不累了？

因为缺爱，她变得"暮气沉沉"；因为害怕爱情中的反复，她早已对爱情失去了憧憬。

微疗愈：

楚瑜的人生不快乐，除非她放下对爱情的戒备，尝试谈一场恋爱。

这个世界之所以存在男人和女人两个物种，一定是因为他们有取长补短的优势所在，是自然生存的调剂品之一。

人们说，爱情是女人最高级的化妆品，可以让女性皮肤变得有弹性有光泽，还能充满女人味，恋爱中的女人，幸福感会提升。

同时，恋爱中的女人更注重个人形象，为了在对方面前展示完美的一面，她们会不断地打扮自己，变得越来越漂亮、优雅、精致，吸引力自然也随之提升。

爱情有这么多的好处，那些关闭心门的人，无外乎太过悲观，对爱情没信心、对自己没信心。

对于一个真正懂得爱情的女人来说，她对爱情不过分乐观，也不陷入绝对的悲观。她会尊重爱情的游戏规则，包容爱情，既享受爱情当中浪漫、动人的那部分，也接纳爱情不好的一面，努力给爱情一个最好的归宿。通过爱情，她学会了爱别人，也学会了爱自己，包容自己的不完美。

从古至今，爱情从来没有"饶恕"我们，我们也绝对不要放过爱情，找一个自己爱的人，找一个爱自己的人，两个人相互喜欢、彼此包容，来好好地谈一场恋爱。

规划性太强的姑娘，很难觅得真爱

婚期迫近，小L突然跟未婚夫分手了。她已经三十一岁，一下子成了大龄单身女。

小L和未婚夫的矛盾，缘于婆媳关系不合。

未婚夫在六环外买了婚房，准婆婆带着高考落榜的小叔子常驻复读，低头不见抬头见，总会有磕磕碰碰，到最后弄到恶语相向。

出了这种问题，小L像大多数傻女人一样，要挟男人在两个女人中间做选择，结果可想而知：老婆可以再换，亲妈哪能怠慢？

人们一直就明白媳妇和婆婆是天敌，一旦发生矛盾，最后受伤的大多是媳妇，可是很多女人还是前仆后继地犯同样的错误，幼稚地拿这一世纪难题试真爱。

都说男人长不大，女人在某些方面有过之而无不及。

朋友们只当小L不过是跟未婚夫闹小姑娘脾气，谁知道她这一转身，真的再也没有回头。三个月后，她又谈恋爱了，对方在外企做程序员，各方面条件都"比原来的那个他好"。

当爱情出现裂隙，只有不盲目缝补也不恋战的女孩，才能全身而退，以较高的姿态，迎接下一段恋情。

分手这件事情，如果处理好了就是一件小事，如果处理不好，整天哭哭啼啼，便会成为一生的污点。傲娇的女孩子怎么能容忍人生的不完美。

小L自然是傲娇的，起初只是故作淡定与高傲，在"圣坛"上装的时间久了，养成了这样的个性。其实她并不算佼佼者，身材和脸蛋虽还过得去，眼袋却大得能挂两油瓶，可是她身上的那股子劲儿，不说话也能传递她的自恋。

小L跟程序员的感情进展火热，经常在朋友圈等各个平台"晒幸福"。她从来不担心经过暴晒的爱情会缩水，反而改了巴菲特的名言怼那些想要看她出丑的旁观者——只有等水分晒干了，才能看出来谁的爱情更有分量。

小L跟程序员交往了半年，他们的恋情一直都没有特别的进展，她也没有世俗的压力，吃喝玩乐一样没落下。

女人过了三十岁就要明白，所有的事情都急不来，小火慢慢炖出来的汤才最美味。至于围观群众灼热的目光，就当是镁光灯便是，只要找好角度，更能衬托主角的美。

她不着急，因为程序员还需要进一步进行考验。

他心不在北京，最起码已经做好了plan B，经常在她耳边说老家他买的房子很大，小区门口就是清澈见底的护城河，他们可以牵手漫步，从日出到日落，从青丝到白发。

谁不是一边北漂一边给自己在老家筑巢，说"明修栈道暗度陈仓"也不为过，为自己留一条后路，就是多一条活路。进能攻北京城，退可以回到老家偏安一隅。

程序员想想就忍不住为机智的自己点赞。

但是，小L却斩钉截铁地拒绝了程序员的提议，她不会离开北京，她属于这里，谁也不能把她带走。

小L的话掷地有声，像立誓似的，让人感觉她反应有些过激。即使她和程序员有感情基础，即使程序员对她是真心付出，但这些都抵不过她对现实生活的期待和规划。

和程序员分手后，小L也把工作辞了，这些都是她"五年计划"内的事。当初，小L为了拿到北京户口，特意考了研究生，毕业后又把自己廉价"卖"给了一家小公司。三年约满，她顺利拿到了北京户口，之后迅速跳槽，工资待遇跟着翻番。

而她的第二个"五年目标"就是买房，做一个真正的北京人。

如果手上有一百万，回老家二二线城市不仅可以全款买套房，还有余款买辆车，过上幸福的生活，可在北京呢？

但是她从不看眼前，她活在十年后。在北京，她身边都是一些名牌大学毕业、积极向上的有为青年，而老家呢？她不敢想象。

她发誓要坚守下去，感受这份精英文化的熏陶。

小L好一段时间没有在朋友圈晒幸福，她进入了感情的空窗期。

在人生目标面前，爱情不堪一击。

小L后来又谈了个男朋友，玩艺术的，在爱家收藏开了家字画店，三年不开张、开张吃三年，总是让人觉得过了今天没有明天。

他在郊区租了一套民房，每天喝茶、绘画，过着"田园般"的生活。她爱屋及乌，格子间里待久了，她认为这就是有情调的生活。

他的一幅画作卖了不错的价格，她提出俩人凑钱在北京买房子，他却说房子会束缚他的灵魂。

年轻的女孩子会为此热泪盈眶，以为自己爱的人与众不同。只是，束缚他灵魂的从来都不是房子，而是对婚姻的恐惧，对一种长久稳定关系的不信任，对小L的不够爱。

小L看得明白，这是在变相提分手，从此俩人分道扬镳。

成年人的游戏规则，从不把"分手"两个字挂在嘴上，一个眼神、一句看似不相干的话，对方就理解了全部意思。

最近，她学车又认识了一个人，做生意的，在东北和北京两地跑，她正在鼓动他把生意做到北京来。

她想，假若他能够按照计划来北京，或许他们还会有进一步的发展。

只是，小L不再把男人纳入自己的"五年计划"。

微疗愈：

小L看似对自己的人生很有规划，但她在感情中却一直不知道自己要什么，也不知道什么样的人才是最适合她的。

小L的每一段感情，看似情之所至，其实终是没有逃开房子和票子的现实。她在感情上表现得非常现实，追求也很实际，但是，这样就能幸福吗？

现代社会的进步，教会很多女孩更加理智地思考和面对生活，却忘了有些事不是单凭理智就能解决的。

小L和很多"头脑清晰"的女孩子一样，有清晰的计划，有择偶的详细要求，但她们却忽略了一点，感情不是数字，当你用现实的条件去选择和衡量一个人的时候，对方也在仔细衡量着你，这样的关系能真诚而长久吗？

一辈子不结婚，会怎样

小文身边有两个坚守独身主义的女人，一个是小文的姑妈，一个是小文的好友小V。

住在乡下的姑妈今年六十岁，这么多年没有遇到"情投意合"的人，一直单身到现在。

曾经有过一个人在姑妈的生命中出现，那是她的同班同学。上高中那会儿，他俩暗生情愫，偷偷约定了"一生一世"。可是，在那个年代，奉行"自由恋爱"无疑会被贴上"不正经"的标签，放在哪个"清白"的家庭都不能接受。奶奶认为"家丑不可外扬"，硬生生把两人给拆开了，为此姑妈再也没走进校园。

后来，男同学发愤图强，考上了外地的大学，俩人失去了联系，年少的这段情就被时间和距离生生地断开了。

所有人都以为分手后，姑妈会听从家里的人安排，结婚、生子，安居乐业。可事实上，她拒绝了所有登门提亲的人。次数多了，远亲近邻都知道他们家有一个难伺候的"老姑娘"，提亲的人也日渐稀少。

奶奶的心态从一开始强硬，到后来软硬兼施，再后来一把鼻涕一把泪，可姑妈像是在报复那次的"棒打鸳鸯"，对自己的婚事一直不吐口，一个人孤零零地过到现在。

奶奶去世那天，拉着姑妈的手说："这辈子，我耽误你了。"姑妈泪流满面，可她依然没有嫁人的心思。

姑妈如今住在乡下，过着深居简出的日子。她喜欢花，在房屋前后仿佛种下了整个四季，有栀子花、月季、玫瑰、茉莉花、桂花树、蜡梅等，一年四季生活在花海里，有很多人慕名前去观赏。

小文读书的时候，每年暑假都要回老家一趟，不为别的，单单是那些花就让她流连忘返。

姑妈还养了一只小狗，普通的农村小笨狗。别看它又呆又萌，可特别通人性。有一次姑妈进城看病晚归，它在村头等她到半夜。

小文逐渐长大，也到了谈恋爱的年纪。可她从不在姑妈面前提起自己的男朋友，或者学校里有关这方面的信息。她觉得这是姑妈的禁区。直到有一天，姑妈主动问起她，还鼓励她谈恋爱，她才诚惶诚恐地谈起。

姑妈说起自己年轻时的那段故事，点评自己倔强、做事冲动。

"他读大学后还给我写过信，可我那时自卑，觉得自己配不上他，一封都没给他回。想来自己真的是绝情到了极点，哪儿能说不回就不回了呢。"

小文的心里酸溜溜的，可是姑妈却像一个局外人。

姑妈的生活非常有规律，日出而作日落而息，工作的内容是围绕着那一亩三分地，闲暇之余读点书。这些年，爱读书的姑妈收藏了不少书，街坊邻居都喜欢把孩子送到她这里，熏染"文化气息"，顺便让她帮忙照看下学习情况。

姑妈也乐得跟孩子们在一起，连带着她也精神了很多。

"年纪大了，最怕的是没事做，只要不让自己闲着，其他问题都不会来找你。"

姑妈是一个很勇敢而又倔强的女人，她按照自己的意愿走过了人生大半路程。

年轻的时候，她没想过要跟母亲较劲一辈子，却在用实际行动表示她的不满与反抗，而且勇于承担这一切可能带来的所有后果。

当日思夜想的情人千里寄来锦书，她选择了另外一种勇敢，放弃重归于好的机会，在外人看来很傻，可是只有她自己知道，他们再也回不去了。

年少的恋情是被美颜过了的，经过了各种花里胡哨的粉饰，被生活打磨之后，才终于看清楚爱情不过是两厢情愿的自我麻醉。

过去种种譬如昨日死，今日种种譬如今日生。罗曼·罗兰曾经说过，世界上只有一种真正的英雄主义，那就是在认识生活的真相之后，依然热爱生活。

花甲之年，能陪伴自己的不过是内心的宁静，将心放在肚子里的宁静。

小V跟男朋友的恋爱已经谈了五年，早已过了适婚年龄，两人还是没有结婚的打算。每当有人问起这事，她总是反问："如果不结婚会怎样？"

近到诸如赖斯、吉拉德这样的女政治家，远到简·奥斯汀、勃朗特这些女文学家，都没有结婚，还不是照样精彩一生？

波伏娃和萨特没有结婚，两人不也在一起一辈子？只靠那一张纸给彼此安全感，这该有多玻璃心？

小V有一堆不结婚的理由，包括条件不成熟、还没有到达那个"点"，甚至是"想走就走的自由"。

可是小文也明白，最主要的原因是她无暇处理一系列人际关系，婆媳、妯娌等等。

从某种意义上来说，如果一直谈恋爱，就不需要直面恋人的家人和家务事，而一旦踏入婚姻的河流当中，就不得不随波逐流，掏出十二分的精力应付。

享受爱情的甜蜜，逃避打包协同的副作用带来的痛苦，趋利避害，是人类最基本的本能。只是，没有人能够仅仅凭本能安然无恙地幸福生活。

小V之前有过一次失败的婚姻，她满怀希望地投入一个大家庭中，却屡次遭遇婆婆的刁难。婚后婆婆甚至提出要跟他们住半年，把自己毕生的做饭手艺传给小V，将她培养成一个"贤良淑德"的儿媳妇。

都说婆媳关系难处，小V一开始并不相信，她觉得老年人需要哄、什么都依着婆婆就对了。但是在那半年的相处中，她深刻领悟到人与人之间的相处，仅仅是其中一个人无止境的退让是没用的。

小V跟前夫闹别扭，可是在单亲家庭长大的那个男人对老娘百依百顺，离婚的时候他抱怨小V没教养，眼中连一个手无缚鸡之力的老太太都容不下。

"倚弱卖弱"是一张所到之处寸草不生的王牌，你弱你有理，人人都得让着你，否则就会遭到来自道德层面的谴责。

对于"弱势群体"的过度保护，就像溺爱孩子一样，你本来想把全世界都给他/她，然而他/她却榨干了你的生命。

那场婚姻狠狠地伤到了小V，她全身心地投入工作中，把"拒绝单亲家庭"作为找对象的第一标准，到了三十三岁才找到如今的男朋友。

小V跟男友交往之前，就挑明了自己的婚姻态度——"不婚族"。男友并没把这话当真，他做好了一切准备：找到根结，慢慢将她俘获。

这一等就是五年，他们谁也没把谁俘获，关系却越来越和谐。"那张纸"在他们这里，变得一文不值。

当然，小V跟准婆婆之间的关系也没有想象的那样糟糕，一切都像正常夫妻一样，为什么还要结婚？

年近四十的小V如今是一家外企的高管，当同龄人都围着灶台和男人转的时候，她却把更多的时间留给了自己。工作占据了她大部分时间，然后就是对于个人修养的强化，读书、看电影、美容等等。

小V相信科学，每一段关系都有保质期，她才不会傻到跟一堆过期的东西较劲，所以爱情顺其自然。

小文的收入足够撑起她想要的生活。她有一套大房子、一辆日系轿车，身边还有一帮跟她一样的大龄女性，经常一起看电影、玩耍、旅游。

当下即是完美。

小文不想要婚姻，因为找不到一个"纯粹"的人。首先是年纪越大，越难喜欢一个人；其次是那些男人有时候比女人还现实，他们约好似的拥有同一个特点：过于物质——对自己的经济能力要求高，也不允许女人落后，双重标准让她感受不到一丁点的爱情。

结婚仿佛就是在找个人搭伙过日子，既然跟谁都是搭伙，为什么要找不解风情的男人？

有专家指出，婚姻产生于私有制，起源是对财产的保护。它是父系社会的产物，是把女人视作物，一种可供交换的财产。随着时代变化，形成了如今的"一夫一妻制"，也就是一男一女结为夫妻的婚姻制度。以男子为中心的婚姻家庭，它既不是自然选择规律作用的结果，也不是男女性爱的结果。

婚姻是动态发展的。从原始社会的无意识交配，到封建社会的一夫多妻，再到如今的一夫一妻，随着时代的变化而不同，至于以后会演变成什么形式，谁知道呢。

但是，不可否认的是，随着女性社会地位的提高，女人不再依附于男人，便在婚姻中有了更多的话语权。

如果不结婚又能怎样呢？

微疗愈：

小文被贴上了"剩女"的标签后，她顺着这个思路畅想了一番"不婚族"的生活，并且设法从未婚人士身上找寻"不结婚"的可能性。

所谓物以类聚，人以群分。小文已经到了结婚的年龄，但是身边一起玩的小伙伴，都是跟她一样没有结婚的，她觉得当下就很好，并没有打算结束这种无拘无束的生活方式。

人是愿意生活在舒适区里的动物，谁会没事跟自己过不去呢？更何况"婚姻"这一社会模式，一直以来被很多人所诟病，而且小文那些没有结婚的"前辈们"好像过得并不比已婚的差。

所以，小文之所以还没找到如意郎君，因为她压根就没想过去寻找，她的生活圈子决定了她的现状。

一个人单身久了，确实会上瘾，因为懒得再从头交代自己的"过去"，懒得再与一个陌生人一点点磨合，等等，不婚现象席卷全球也不是没有道理的，从1970年到2014年，全世界的结婚率都在显著下降。

说到人为什么要结婚，《生活大爆炸》里谢耳朵说过这么一段话："人穷尽一生追寻另一个人共度一生的事，我一直无法理解，或许我自己太有意思，无须他人陪伴，所以我祝你们在对方身上得到的快乐，与我给自己的一样多。"

然而，"怪胎"谢耳朵还是找到了能够给他快乐的人，携手艾米走入了婚姻的殿堂。

如此看来，婚姻还是有其一定的魅力的。

只是，我们要选择婚姻，而不是被婚姻选择。当你决定进入婚姻，是因为遇见了那个"不管未来发生什么我们都会不离不弃"的人，而不是因为到了这个年纪，别人都纷纷跳入婚姻的围城，你也不明就里地束手就擒。

结婚也好，不婚也罢，说到底只是一个人的选择，没有是非对错之分，关键是你要为自己的选择负责。年轻的时候不要怕，年老的时候不后悔。

你无法挽留一个真心想走的人

谁都没有想到最后收服小T的人竟然是Z，她可是宿舍里只想着考研的学痴一个。

大一刚结束，宿舍里的姐妹们都找到了另一半，只有小T每天过着"宿舍—食堂—教室"三点一线的考研生活。

室友A说："读大学如果不谈恋爱，就等于过完这一生却没有生个小孩。"

室友B说："谈恋爱的女人才是最妩媚的。"

室友C说："我们帮你脱单吧？"

谁说的，这个世界最难应付的，不是"单身"本身，是那些想让你结束单身的人。

她们给小T介绍了各种类型的男生，校外的亲朋好友，校内的同学，可她坚持先搞好学习，再搞恋爱。

宿舍里的姐们儿，恋爱、分手，再恋爱、再分手，只有小T像时光里的一颗恒星，高高悬挂在孤独的夜空，散发着异样的光芒。

直到在一场趣味活动上认识Z，一切突然朝相反的方向快速发展，杀得小T措手不及。

化学系举办的活动。只见一个学生双手垂在身体两边、145度后仰，一块薯片从额头一点点地移到他的颧骨上，他伸长了舌头去舔，想要吃到那块薯片，坚持了三十秒，那薯片从他脸庞滑落。

众人捧腹大笑。

"我来试试！"这时，一个留着圆寸的矮个子男生从人群中挤出来。

他走到老师跟前接过薯片，冲着人群微微一笑——

小T心知肚明他是冲着人群笑的，可那一刻她感觉他目光的焦点分明是她，她的心突然像被什么击中了似的。

所有的故事便从自作多情开始。

她脱口而出："加油！"

这场游戏的结果是什么已经不重要了，因为Z已经深深印入小T的脑海。

小T把姐妹们召到一起"共商大计"，她们说她鬼迷心窍，猪油蒙了心眼才会看上Z。

她力排众议，在大四展开了一场用情至深的"黄昏恋"。

她希望去北京读研究生，从大一准备到现在，如果没有失误，相信能考一个不错的大学；而他早已在广州找了一份不错的工作。

在一起后，他们避而不谈此事，开心一天就赚一天。可是，眼瞅着她考研的日子到了，Z没有铺垫，开门见山地说："如果你考上了，我跟你去北京；如果你落榜了，你跟我回广州。"

两个人甜蜜地依偎在一起，小T在心中默默地做好了打算：不能辜负他。

恋爱中的人都勇于做出自我牺牲，他们用飞蛾扑火的精神对待一段关系，却不知道每个人心里都有一本账，筹码增加得越多，赌注越多，想要得到的也就随之增多。

小T的志愿填到了广州，虽然不是本专业最好的大学，可能跟亲爱的人在一起，便是最好的选择。

在广州的日子，他工作、她读研，双方父母也不反对他们在一起，只等她一毕业就举办隆重的婚礼。

他们一起做饭、窝在沙发上看电影，好像外界的一切都跟他们没有任何关系。

他睡着的时候，她用化妆品给他画个大花脸，拍了各种姿势的照片上传网络。

他的衣服、臭袜子满地扔，她骂他，他嬉笑着说："臭男人、臭男人，如果香的话，那还叫男人吗？"

懒惰的时候，他们会争吃一碗方便面，弄得满地菜汤，然后"猜丁壳"谁来打扫卫生。

吃饱了往沙发上一躺，她不顾淑女形象地把脚伸到茶几上，他会坏坏地掀她的裙子，她骂他臭流氓。

　　小T霸占遥控器不放手，他表示不满，放了一个无声的臭屁，彻底将她击败。

　　…………

　　恋爱时，情侣往往把圈子收成二人世界，不断过滤对外的人际关系，殊不知，当时收得有多紧，后来反弹得就有多厉害。

　　身在其中的人却认为幸福大概就是这样子的，生活的每一天都有你的参与，不炫耀、不攀比。

　　世间好物不坚牢，彩云易散琉璃脆。

　　茨威格说，她那时候还太年轻，不知道所有命运馈赠的礼物，早已在暗中标好了价码。

　　导师六十大寿，嘉宾阵容庞大，连远在国外的师兄师姐都回来了。

　　作为导师现役的两个学生，小T和阿明成了本次活动的组织者，聚会上又担当给导师挡酒的重任。

　　阿明更是放出"狠话"："谁找导师喝酒，就等于找我跟小T喝，不服来战！"

　　那天晚上，找阿明喝酒的人不多，找小T喝酒的却一波接一波，因为他们觉得女孩子好"对付"。

小T喝断片了，醒来时，和阿明赤裸着躺在宾馆的床上，他说他会负责，恋爱、结婚都行。

阿明一直在追小T，他知道她有男朋友，可他固执地说愿意等她分手。她只当他是开玩笑，没想到他竟然对她使用如此卑鄙的手段！

小T一晚上没回家，也没有收到Z的电话，她才意识到必须一个人面对这场灾难。

小T像待宰的小羊羔，现实是如果还想继续跟Z在一起生活，只有忍气吞声，别无他法。

回家那天是周日的下午，Z正躺在沙发上午休，小T走过去抱了抱他，好像在做最后的告别，他正睡得迷糊，并没有感觉到她的异样。

小T以为她可以忘记过去，日子真的会恢复到原来的样子，可是一切都不一样了。

她还年轻，心里装不了事，即便嘴上不说，身体还是举起了小白旗。

她本能地拒绝跟Z发生身体接触，她不再霸道地跟他抢遥控器，她会在半夜醒来看着他的脸发呆，她乖巧得像一只小兔子，她不能坦然得像什么都没发生一样……

小T被噩梦缠身，一夜鬼剃头，她想要结束这样的生活，她跟Z坦白，一切的一切。

男人通过隐藏秘密来维持一段美好的恋情，而女人喜欢坦白一切，以证明自己爱得深刻。只是男人需要的不仅仅是爱情，更多的是另一半绝对的忠诚和无瑕，以及对主权完整的捍卫。

现实是残忍的，女人为了整个家而战，而男人只为自己而战，即便他们打着为女人、为家庭的旗号，为的还是自己那微不足道的自尊。这是本质的不同。

Z一边平静地吻着小T的额头安慰她，一边表现得很狂躁。

他将阿明狠揍了一顿，后来更是见他一次打他一次，直到阿明办了休学手续。

没了阿明撒气，他不自觉地把矛头对准了小T。

他吻她的时候把她的嘴唇咬出血，身体里像是积聚了很多能量，厨房、卫生间、客厅，不分时间和场所，她忍着痛跟他周旋。

两个月后，他说公司派他去西安出差，两个星期。

出差是真，他想跳出沉闷的生活也是真。

小T默默地帮他收拾行李，送别的时候连再见也说得敷衍。

他走之后，小T自作主张地从学校办了休学手续，换了电话号码，去了梦想中的北京。

这里的天没有那么蓝，空气也不清新，可是它的肚量能够包容所有的过失和阴霾，给每个人从头再来的机会，这就够了。

他们没有说再见，即便后来也没人主动跟对方联系，像是从来就没有这个人存在一样，开始了各自的新生活。

他们都明白这是一场谁都没法再演下去的默剧，彼此急于退场，都是真心想走的人，没法挽留，也无须说再见，因为再也不见。

这么多年小T一直单身，不是不想开始一段感情，也不是没遇到喜欢的人，只是她明白相爱不易，她还没有做好应付一切事情的准备。哪怕有些事情的发生，不过是人生的偶然。

从科学角度来说，这种小概率事件在统计学上没有任何意义，完全可以忽略不计，而对于个体来说，却是人生不可逆转的沉重打击，成了这一生的记忆。

对于过去难以释怀，或许，她这辈子都不可能做好迎接下一段恋情的"心理准备"。

微疗愈：

中国有句古话叫作"一朝被蛇咬，十年怕井绳"。在爱情中受过伤的小T，对爱情再也没了信心，如果没有积极有效的引导，她这一生都走不出这个阴影。

爱情本来就是一件折磨人的事情，在爱情里受过伤害的人也数不胜数。不仅仅是女人，男人同样也会受到伤害，并应激地产生自我保护机制，再也不愿意接受任何感情，也就错过了很多机会。

那么，该如何治愈这种伤害呢？

首先，忘记过去，从头再来，不要给自己太多的心理暗示，否则只会带来二次伤害。一直流连于过去的美好或者伤害，都不利于一个人的成长。

不念过往、不畏将来，告诉自己下一个会更好。

其次，对自己不要太苛刻，想哭的时候便大声哭，一直哭到没有眼泪；想跟朋友聊天的时候便出门找朋友，告诉他们你内心真正的感受。坏情绪只有发泄出去，心情才能平复。

最后，不要把伤害一直挂在嘴上，有些痛需要时间慢慢消化；也不要拒绝其他男人的好意，在接触过程中，包容对方，给自己一次重新开始的机会。

男神都属于高情商的女人

夏蕾是爱情中的"主攻手"，见到喜欢的男人，还未等对方搞明白事态的发展，就已经将其拿下。

如果把夏蕾想象成一个强势的北方大妞，那就大错特错了。实际上，她来自江苏扬州，有江南女孩子特有的娇柔外表，说话也细声细语的，走路生怕踩死蚂蚁。

人不可貌相，朋友们都说夏蕾是一头"披着羊皮的狼"，见到猎物就爆发出本性，一招制敌。她也不辩驳，她的方法在他人眼中千不好、万不好，管用才最好！

夏蕾是朋友中活得最潇洒的一个，特别擅长处理千头万绪的情感纠葛。

她的角色演变，得从她第一次失败的恋情说起。

跟其他的姑娘一样，夏蕾也曾经是一个表里如一、内敛的文静女孩，见到喜欢的男生，从来不敢正眼看一下，更别说主动追求了。

夏蕾喜欢上的男生叫Q，跟她同班。那年，她转学到新学校时，班里的同学都嘲讽她性别模糊，一头短发让人分不出男女，只有Q向她伸出援手，带她去领书，帮她搬凳子，甚至站出来呵斥其他同学恶意的笑声。

女孩子不管年纪大小，都有英雄情结，他们爱上的男人必定是非同一般的，是一个能保护她、呵护她的大男人，更是一个无所不能的大英雄。

体育课上，Q带全班同学着做广播体操，举手投足之间，尽显沉稳、成熟。夏蕾偷偷地瞄了他一眼，没想到被他的目光逮个正着，她的心突然跳乱了几个节拍，身体轻微地颤抖，手脚的动作就乱了。

多年来，夏蕾一直追随着Q的脚步，还跟他考进了同一所大学。

读大学期间，他们已经是非常好的朋友了，Q依然还是像原来那样帮助夏蕾，可没有一点爱情的迹象。而夏蕾，也把这份爱一直压在心底，她不敢说出口，她怕如果成不了，他们连朋友都做不成。

暗恋是个神奇的东西，会让人人都变成演技实力派，生活变成了直播秀场，上演一场又一场一个人的独角戏，演员和观众都是自己。

人们变得小心谨慎，生怕走错一步而丢了"影帝""影后"的宝座，为了能够每天见他/她一面，随时切换各种剧本，以求找到对方最喜欢的角色，爱情在心中开出寂寞的花。

他们就这样共同度过了开心的四年。大学毕业后，Q去了美国，半年后给夏蕾发来了一份喜帖。

夏蕾在电话这头言不由衷地祝福，心里却像打翻了醋瓶子，酸酸的，喜欢他的话一句都没说出口。

她花了很长时间，才从暗恋中走出来。痛定思痛，她觉得自己还是太不勇敢了，等着别人来爱你，或许等到最后只换来一场空。

男人对待感情很愚钝，她坚信大好时光不是用来单相思的，喜欢如果不说出口，别人怎么会知道呢？

虽然夏蕾把道理想得很明白，可她并不是滥情的人，拿到筐里就是菜。实际上，能入得了她法眼的男人不多，她一共只表白过两次。

恋情如果走市场化路线，那必须要选择精准营销，面儿上看似大张旗鼓的行动，取决于背后大数据高科技手段的分析，指哪儿打哪儿。

这是一条低成本的求爱路线，是有态度的表白，既不用担心错过机会，又不会颜面尽失。

夏蕾的第一次表白对象，是在咖啡馆认识的一个英国绅士。

她操着一口流利的英语，跟对方说了半天，并且主动做他的地导，免费陪他在西安玩了三天。

落花有意流水无情，奈何对方没那方面的意思，直接把夏蕾变成了自己的翻译，除了当导游，还有材料的翻译、商务上的来往，后来夏蕾成了他公司的全职员工。

夏蕾最后一个表白的男人，是朋友公司的企划经理C，"C位出道"的C，光彩夺目。

她去参加朋友公司的年会，一眼就看上了他，毫不含糊。

这可是朋友公司最难啃的骨头，C是一个工作狂，压根就没想过恋爱、结婚的事儿，想要追他简直是异想天开。

然而，夏蕾只用了一个星期的时间，就把C的信息掌握得八九不离十了。

C虽然是一个工作狂，但是他每天晚上下班之后一定会去39°酒吧，坐到十二点才离开；他有过一段情史，据说是因为异地恋而分手。

夏蕾从不打无准备之仗，只用了两招就将C收服。

朋友跟她里应外合，那天她拿着一个小蛋糕去朋友公司，在C推门的时候，她"恰好"出现在门后，蛋糕不出意外地弄脏了她的白裙子。

一个说要帮忙干洗，一个推说不用了；一个坚持说要洗不然内心过意不去，一个调皮地说那就"记账"吧。

说完，她急匆匆地离开，"忘记"留下彼此的联系方式。

夏蕾故意埋下了一个伏笔。

感情互惠理论表明，如果一个人对你好，你一定会加倍对他好；如果你给别人一个人情，别人一定会准备一个更大的人情还你；但是假如你不着急让他还，他会一直把这事挂在心上，连带着把你也放在心上。

牵挂，是最深情的凝视，心里、眼里全都是对方。

果不其然，第二天，C主动打听夏蕾的联系方式。

C在电话里先是一番寒暄，紧接着又是一轮道歉，急于弥补。

夏蕾在电话里带着哭腔说："既然这么有诚意，那就来给我修水龙头吧！"

C赶到夏蕾家时，她浑身湿漉漉地站在门口等他，可怜兮兮的样子我见犹怜。

他帮她修好了水龙头，顺带着又检查了一番家用电器，还有她的体温……

如果一个女人善用自己的温柔，这温柔就是恋爱的敲门砖；如果一个男人愿意展现自己的男友力，这力量就会撼动一个女人所有的伪装。

这世间哪有什么一见钟情、两情相悦的缘分，不过是一个负责"勾引"，一个负责表白而已。

一切就是这么顺其自然，而被俘获的C丝毫没感觉自己中了甜蜜埋伏，如今把夏蕾捧在手心里，如获至宝。

半年后，夏蕾带来喜讯，C向她求婚了，脸上的光彩和无名指上的钻戒够闪瞎一排钛合金的"狗"眼。

有朋友向夏蕾取经："爱情最好的状态是什么呢？"

她微微一笑，老到地说："不能是他先爱上你，在糖衣炮弹的'攻击'下，女人往往会意乱情迷，缴械投降或拂袖而去，前者给爱情埋下一颗定时炸弹，后者也许会错过一个对的人；也不能是两情相悦，太轻易到手的感情，往往不能长久；你可以先爱上他，但是你不能等他爱你，因为或许你永远都等不到……"

所以，爱情最好的状态是：你先爱上他，并且有能力让他爱上你。

一起吃饭，有男人打趣："夏蕾，你这样的漂亮姑娘如果是主攻手，那我心甘情愿被你俘获！"

也有女人接着说："自己的幸福就需要主动点，牢牢抓在手中，这没错。可是，这里面有一个破绽，你们知道是什么吗——"

未等众人反应过来，她又大声地自问自答："一切都还得看脸！"

不可否认，这是一个看脸的社会，但是长得好只是一个加分项或者敲门砖，却不是决定性的因素。脸可以决定一个男人是否会多看你两眼，但是情商却可以决定一个男人会不会爱上你，以及会爱你多久。

好在情商是可以学习的，比如夏蕾，她并不是天生的情商高手，而是在经历过失败之后，主动习得了这一"傍身的技能"，走到哪儿都不会"失恋"。

所以，如果你还在等别人来爱你，那么不妨从学习如何爱别人开始。

微疗愈：
情商是指解决情绪问题的能力。

高情商的人善于发现引发情绪的原因所在，解决这个潜伏的问题，从而让坏情绪消失；低情商的人选择粗暴地消灭情绪本身，以为看不见就不存在了，实际上是掩耳盗铃。

一段暗恋，如果一直藏着掖着，并不能开出娇艳的花朵，只会引发情绪问题。

暗恋的本质还是爱，爱就要求被爱，如何让自己值得被爱，才是解决暗恋问题的关键。

你可以爱一个人低到尘埃里，但没有人爱尘埃里的你。一个高情商的女人，既要能涂上口红，用脚步丈量世间的条条大道，也要能扎起马尾，素手调汤羹，做一顿丰盛的晚餐，给爱人和自己一个温馨的家。

在与C的相处中，夏蕾既能给予彼此一定的时间和空间，又没有彻底放飞这段关系。她手中有一根无形的线，让两个人心意相通。

所以，面对自己喜欢的男人，要主动，但是要有技巧地主动。

当然，在一段感情当中，谁做那个主动的人并不重要，但是高情商的做法是：女人负责"勾引"，男人负责表白。

当爱情撞上事业

王妍跟魏晓是大学同学，六年里其他朋友的感情起起落落，只有他们俩的关系如初见般甜蜜。

在这个分手不需要吃散伙饭的年代，如果还有什么能够让身边的人相信爱情，那一定是他们对这份爱情的坚定。

他们相信会这样一直幸福地走下去，即便魏晓总是拿王妍左臀上的那颗痣"威胁"她，万一她对他有二心，他就告诉她未来的老公这个只有他知道的秘密。

那是属于他们之间的小秘密，是甜蜜爱情的催化剂。

大学毕业后，王妍继承了家业，一直做医疗器械生意，全世界不定期地跑；魏晓在一所大学当老师，工作相对固定，承担了大部分家务。

有时候，他也会对她的忙碌表示抗议："我们学院新来的女学生，个个生猛，昨天又有人下课跑过来问我有没有对象。你可要好好珍惜我哦！"

撒娇，往往比生硬的埋怨更管用。

管一时之用，治标不治本。

王妍很吃这一套，每每魏晓提出要求，她都会放下手头的工作去陪他。

家里买了很多套情侣装，每次出门都会换上一套，牵手逛街、吃饭、看电影，接受路人目光的洗礼，享受难得的恋爱时光。

这是属于他们的仪式感。即便新买的背带裤，再也穿不出青涩岁月的文艺、清新，可是他们还是一如既往地用这种方式表达爱。

大学里，王妍是一个典型的文艺女青年，爱读书、爱旅游、爱摄影、爱穿棉布长裙，她以为毕业后自己会成为一个大学老师或者记者，然而当父亲去世之后，她却挽起长发，穿上高跟鞋，选择了从商，偿还他欠下的债务。

从文艺的梦中醒来，王妍只用了一个晚上，而在现实的这条路上，她走得跟跟跄跄。好在魏晓对她无微不至，给她的生活带来了热情的律动。

他拉她去健身，她以工作忙拒绝，他挽起手臂秀肌肉，那是她安全的港湾。

有时候，魏晓劝王妍放下压力，做一个快乐的打工族，可她没告诉他，她身上背负的那些债，打一辈子的工也还不起。

王妍有很多不能跟他说的话，窝在心底，因为知道即便说出来也解决不了问题，只能徒增烦恼。

他可能知道她身体的每一处印迹，却没法捕捉到她心里的蛛丝马迹。

三年后，王妍想起那些年他们没有结婚的遗憾，原来一直都是早已注定了的，他们在一起八年尚未走进婚姻殿堂，这婚怕是就真的难结了。

可笑的是，他们谁也没有提过结婚的事，包括双方父母。

王妍问过妈妈为什么不催婚，她妈十分开明地说："婚姻是你俩的事，你们不提，我才没空替你们考虑。"

妈妈依然很漂亮，穿最时髦的衣服、涂最鲜亮的口红，岁月好像对她特别优待。她之前在美容院做美容师，还曾经单干过，一次偶然的机会，她走进了娱乐圈——跟剧组当化妆师，人也变得忙碌且俏丽，一点没有寡妇的忧伤。

王妍当时没想过要结婚，其至对魏晓不提结婚这事也没有表示过任何怀疑。太熟悉了，以至于都忘记了要"走个程序"。

网络盛传"再不相信爱情"的那段时间，王妍一直追问魏晓，是否还相信爱情，可是她再也没有机会听到这个答案。

魏晓已经离开她大半年，她过了好久才觉出来痛，在挣扎中，一颗心慢慢地死去。

恋爱七周年纪念日，魏晓抱着玫瑰去公司找王妍，欢天喜地，最后吃了个闭门羹。

那天，在王妍身边的是钱尚，她不想让他知道他们的关系。

女人在商场，能够利用的除了大脑，还有单身的优势，用娇柔来俘虏身边的硬汉们，特别是那些与之关系暧昧的。

这是最好的武器，也是最坏的武器。

钱尚就是其中之一。

王妍一直对外人隐瞒和魏晓的关系，她知道这对他不公平，可她坚信爱她的人如果能够站在她的角度去想一下，会理解她、包容她。所以，那天她选择陪在钱尚身边，谈公事，也谈私事，回家已经是深夜。

后来王妍忽然想起来，魏晓曾经问过她："如果我们分手了，会怎样？"

当时王妍笑他傻，他们怎么会分手呢？他们可是知道彼此身体地图的人啊。

高校有一个下基层任职学习的机会，魏晓没有跟王妍商量，报了名。

他们平时分居两地，他在哪儿她的家就在哪儿，所以她也十分支持他的这一决定。没承想，他这一转身，俩人就各奔天涯，像两条相交线，即便有过交集，还是逃不掉渐行渐远的命运。

妈妈知道她在空窗期，让她跟钱尚试试："毕竟他是真心想帮你的人，而且真的付诸了行动。爱情就要建立在互惠互利的基础上，像魏晓那样每天只会你侬我侬的，光说不练假把式，注定只能停留在表面，犹如沙滩上建高楼大厦，长久不了。"

妈妈难得关心她的恋情，却一眼就看出了两个男人的不同之处。年少无知时需要爱情的滋润，长大后行走艰难人世间，需要的是实力的呵护、金钱、社会地位等等，爱情变得可有可无。

王妍接手爸爸的生意后，拉来的第一个单子，就是钱尚给的。在此之前，她连续跑了三个月业务，一无所获。那天她风尘仆仆敲开钱尚的公司大门，他却给她倒了杯咖啡，聊一个女孩子在职场的不容易。

王妍那时已深谙处世之道，思忖他会不会拿业务的交易提出不情之请，然而他没有。

钱尚完全可以利用生意上的便利，很轻松地"拿下"她，可他却像一个老老实实的追求者，只有鲜花和浪漫，犹如耐心地培育一朵花、等待它盛开，就连她隐瞒和魏晓的关系，他也表示"可以理解"。

跟钱尚尝试接触之际，王妍经常想起魏晓，想起他们脆弱的情感。

他们都是有情感洁癖的人，二人世界里容不得一粒沙，可是如果没有这些沙子，又怎么能打磨出一段成熟的感情呢？

他们本来可以通过这样的打磨，脱胎换骨，可是魏晓却选择了放弃。

如今，她跟钱尚的感情进展得如火如荼，他们既是生活上的伴侣，又能在工作上相互扶持，现世安稳、岁月静好。

可是，王妍心中依然有一朵忽明忽暗的小火苗，希望某天魏晓能够打来电话，对钱尚说："嗨，伙计，你女朋友左臀有颗痣。"

她希冀这一秘密能够击溃她的新恋情，也给她一个逃跑的理由。

可是，那个人已经消失在人海，永远也不会回来。

爱情的悲剧就在于此，一个人早已放弃，开始了新生活，而另外一个人却始终不甘心，反复咀嚼着曾经的海誓山盟，在自己营造的虚拟空间里，继续一场永不分手的恋情。

微疗愈：

王妍被家族生意下了魔咒，负重前行，却从来没想过这一切是否是自己想要的。她看不清自己所处的位置，一直沉浸在对过去美好的缅怀当中，和钱尚的这段关系，也成了男方单方面的付出。

王妍跟钱尚的恋爱谈得心猿意马，她心里完全被魏晓所占据着，全部都是两个人最美好的回忆，潜意识当中她希望回到魏晓身边。

但是，假如爱情可回头，可以想象两个人依然还是很难走到一起，因为她在事业上的付出，已经不允许她做另一种选择，否则事业上的沉没成本就太高了。

人们往往容易粉饰记忆的美好，记住那些过去发生的美好事情，而忘记那些不愉快的事情，加工编织出一段不真实的往事。

恋爱也好，婚姻也罢，一段浪漫的关系，最关键的是双方都要付出时间和精力去经营，迸发出无限的生机，给彼此一个幸福的归宿。

商业社会，爱情与事业很难兼得，特别对于女孩子来说。把事业上的合作伙伴发展成伴侣，两个人能够风雨同舟、携手并肩奋斗，创造一段佳话，也不失为一个很好的选择。

当爱情逐渐远去的时候，一个人能够做的，就是放下过去，珍惜眼前人。

蠢姑娘才会用性去建立安全感

K小姐是我们朋友圈里最特别的一个。特别之处在于她极端西化的爱情理念。

K小姐读书的时候追各种类型的美剧，惊叹美国年轻人的大尺度。

那时候她就想，一定要结交一帮这样无话不谈的朋友，可是这么多年过去了，她在闺密家发现一枚杜蕾斯，对方都会脸红半天，支支吾吾不解释。

我们从小受到的教育决定了跟激进的美国年轻人没法比。虽然社会迅猛发展，可怎么能把性摆在桌面上谈，像请客吃饭那样随意？

K小姐说自己"作风西化"，最主要表现在追求"性自由"中，她绝对不会压抑自己的性需求。

她说美国人一度最流行的"配饰"是伟哥，有些年轻人干脆把自己命名为"伟哥瘾君子"，所以空窗期找一两个填床的伴，再正常不过了。

K小姐有时候抽烟，风情万种。她可以毫不避讳地与人谈性，可坚决否认自己内心龌龊。

她认为自己是个好女孩。

K小姐曾经有过一段刻骨铭心的恋情，纠缠了好几年，由她的表白开始，到她的退出结束，从头到尾都是她一个人的独角戏。

开始的开始，K小姐对同龄的小J说："我们俩谈恋爱吧，这样我就可以上课代你写作业。"

那年俩人读大二，小J迷恋网络游戏，巴不得有人给他"善后"呢，便爽快地答应了。

起初小J"有求于人"，完全配合K小姐的"爱情游戏"，可她"转正之后"出尔反尔，拒绝帮他应付学业，还以"女朋友"的高姿态，公然要求他"好好学习"，毕业后"找份好工作"。

他们分分合合，情路历程像山路十八弯，但她坚持"不抛弃不放弃"。

从农村走出来的孩子，大多数大学一毕业就被催婚。这一年，小J经不住家人唠叨，跟K小姐达成"协议"：结婚可以，但婚后必须两不相干两相安。

他按照程序跪地求婚的时候，她哭得像个泪人。他觉得她演得有点儿过。

最后的最后，俩人以时下流行的"分手游"结束了关系。

K小姐第一次也是最后一次跟小J旅游，三亚、港澳、珠海。她订了机票、宾馆，准备了日常用品。没有攻略、没有方向，走到哪儿是哪儿，他们从没有如此默契过。

最后一站被她刻意安排在珠海的情侣路，那天天气很好，一望无际的海水接天连地，海风吹乱了她的长发。

她说："我们分手吧。"

他看向她时，他完美的侧颜差点又迷惑了她的心智。

网上流传着一句话，主动久了会累，在乎久了会崩溃。在爱情中，女人可以是举着大旗高歌猛进的战士，也能够敏锐地捕捉到爱情的细微变化。

爱情当中一厢情愿的付出，其实是人们的一种执念。

每个人心中都有一个执念，总觉得不达目标，这辈子便誓不罢休，然而随着时间的推移、阅历的增加，某天顿悟，当初的执念也变得异常幼稚可笑。就像大雪天突然想念一个朋友，翻山越岭去了，可能到了门口又默然折返，图的只是一时的心境。

我们每个人追求的只是追求的这个过程，执着的也只是执着的感觉。

这么多年寻寻觅觅，K小姐不知道自己在找什么，反而觉得丢了很多，一路走一路丢。

跟小J分手后，K小姐想用余下不多的青春时光来弥补青春应做却没有做的事，比如多谈几场恋爱。

K小姐转身就跟同事小甲"好上了"，所有人都知道她刚分手，包括小甲，可他们恰好都不在乎。

她像一块干涸的土地，贪恋着第一场春雨，贪恋着小甲给的爱。

跟小J在一起时，她一直小心翼翼，生怕"女朋友"这一虚名一夜之间蒸发。

如今她终于可以放肆地索爱，她忽然好像拥有了上帝之手，她施了魔法，要让过去的付出，在今天得到回报，加倍的回报。

有时候，她让他捧着鲜花在小区门口等候，她把自己打扮得像一个公主，翩然而至；有时候，她像个小姑娘似的当街跟他翻脸，只因为一个棒棒糖不是她想要的口味；有时候，她前一刻刚说完晚安，后一刻就打电话说想吃烧烤。

这不是小甲需要的感情，他处处提防着她，担心她又出什么馊主意。

他可以宠着她，却绝对不能纵容她。

他的热情减退，热恋中的她第一时间就感觉到了，她甚至都没咂摸出自己什么时候变得这么敏感。

K小姐陷入巨大的悲痛中，新伤旧疤一起发作。

她以为之前跟小J分手并没有给她带来多大伤害，最起码她寝食一切照常。可没想到，他的气息却润物细无声地改变了她。

她一个人去酒吧，刚落座，就有外国人凑上来，一晚上跟她唠个不停。在这个小城市里，能遇到说流利英文的，不容易。她放肆地笑，在音乐声鼎沸的酒吧里，突然爆发出夸张的声响，引起众人频频侧目，她傲娇地接受目光的洗礼。

外国人说他还是单身，来这个城市出差，问她有没有兴趣到宾馆继续喝一杯。她一边妩媚地点着他的脑袋说"naughty"，一边起身牵起他的手往外走。

跟小甲的分手，K小姐竟然不可思议地有难过的感觉，不是因为这份感情弥足珍贵，而是为自己越发细腻的小心思。她发誓，要不停地谈恋爱，谈到对爱情麻木，然后找个人凑合过一辈子。

她要把爱情逼上绝路，然后铩羽而归，成为恋爱之前那个洒脱的自己。

女人们都以为是爱情让她们走上了一条完全不同的道路，她们渴望爱情又憎恶爱情，希望在享受爱情的同时能够全身而退。然而，退无可退。

K小姐给自己定了结婚年龄，三十五岁，余下的时间全部用来练爱！

别人"练爱"是为了学会爱，爱自己、爱别人，让以后的生活更美好，她却练习忘记爱，放下爱。

她拒绝第三方担保的相亲，不管是亲人还是朋友的引荐，难免有些放不开，不能很好地做自己。

为了给已经被别人贴上"大龄剩女"标签的自己更多的时间和空间，她辗转去了上海，十里洋场、国际视野，总有她的容身之处吧。

女人一旦不在乎"结果"，桃花运便会随之而来。看来男人还是爱"坏女人"的，扎手但有异香。

妈妈打来电话说，这个年纪即便不结婚，也要保持一段稳定的恋爱关系。

她对所谓的稳定，有自己的理解。

所谓的稳，不仅有事物的静止不动，还有相对运动的两个物体组成的动态平衡。只要自己的感情没有空窗期，又怎么能说不是一种稳定呢？

K小姐很享受这种状态，孤单寂寞是人生常态，找个人陪着走一阵子非常重要。

当小城市里三十岁的姑娘都在为"脱单"而郁郁寡欢时，K小姐的观念无疑是一股扑面而来的"歪风邪气"。

泰戈尔说："我曾经错过了太阳，但我不哭泣，因为那样我还将错过星星和月亮。"

如果我们一直在弥补过去的缺憾，会不会因此错过当下的美?

人生可以有无数场的错过，其中最不可取的方法是想方设法弥补。只活在过去的人，会错过更多美好的相知相遇。

如果在黑夜里盲目追求太阳的光辉，怎么能看到月亮和星星的美呢?

微疗愈:

我们朋友圈对K小姐的统一看法是："过火了。"

她的做法也不能说是全错，但如果过了，最后受伤的还是她自己。

心理学上有一个概念叫作偏执化的扭曲，是指人们偏执地认为他人是无情的，甚至是会欺骗和伤害自己的，即便事实并非如此。

K小姐并非不想要一段长久稳定的关系，而是害怕付出了真心，最后却一无所获，甚至被伤害，于是她便选择游戏感情，通过一次次的逃离，做爱情当中的"主动方"。

就像两个人拉皮筋，先放手的那一个不会受到伤害。

然而，真正让她陷入情感反复状态的，可能并不是当下的这一段亲密关系，而是过去的经历在她内心遗留下的焦虑、不安和痛苦，那一切让她不相信眼前的甜蜜、依赖。

与之相反的一个概念是理想化的扭曲，指的是人们把他人过度理想化，认为对方是完美的，是真诚地、善良地爱着

秋阳理解这些人的心态，她也并不排斥一个人的婚史，可关键是，那些男人本身出了问题。

他们大腹便便、邋里邋遢，一脸的自暴自弃的颓色。秋阳鼓励一个人追求生活的舒适感，但是舒适、休闲并不等于邋遢。

长相身不由己，身材也非一般意志能左右，这都可以理解，但是如果不能保持干净，那就是生活态度出了问题。

对生活绝望的人，绝非一段婚姻可以拯救的。

村上春树说，肉体是每个人的神殿，不管里面供奉着的是什么，都应该好好保持它的强韧、美丽和清洁。

秋阳不是神，拯救不了别人，她在这方面看得很清楚，她不想降低自己的势能。

曾经有一篇很火的文章《中国男人形象气质差配不上中国女人？》，其中也说到，大多数中国男人气质形象方面早已配不上中国女人，特别是中年男人，他们根本不注重身材，压根也没指望从形象上征服女人。

后来冯唐提出"油腻"的概念，"中年油腻男"正式进入大众视野。本来以为是点醒中国男人的一针清醒剂，反倒变成了他们自嘲的饭后谈资，说说笑笑，顶着自信的肥腻脸行走世间。

我知道我有问题，可我就是不改，这是心里未断奶男人的共同特性。

世俗的观念决定了秋阳在现实生活中根本就不可能找到一个合适的对象，于是，她转而求助网络，在各大网络平台注册了资料，依然对爱情充满幻想和期待。

秋阳并不是恨嫁女，她渴望婚姻，但更希望这场婚姻的起因是爱情，而不是自断筋骨求生的半自残。

三十五岁的秋阳五官平平，但肤色却极好，像剥了壳的鸡蛋，晶莹剔透又有弹性。

在网络上隐瞒了单身妈妈的身份后，对于像她这样有房有车有才识的女人来说，受欢迎的程度远超出想象。

她甚至在咖啡馆被人搭讪，对方请她喝咖啡，要她的电话号码。

这事儿极具讽刺意义。

她也遇到过一些彼此心动的人，可是八成以上都因为她单亲妈妈的身份而退缩了。有的人提出，如果她把孩子给爸爸，俩人还可以继续试着走下去，还有的更奇葩，见两次面就问结婚后她房子是否可以写两个人的名字……

李朝是陪秋阳走得最远的一个男人，三个月。他不看重她的物质、不在乎她单亲妈妈的身份，对她和女儿都非常好，每次约会必定是"全家总动员"。

就在秋阳准备进一步发展时，女儿却表示坚决反对，她不喜欢李叔叔，他总是给她太过热情的拥吻，亲得她一脸口水。

秋阳多了一个心眼，再约会，她躲在一边偷偷地观察李朝，果然看到他拉着女儿的手不放开，亲了又亲，很猥琐的样子。

从那之后，秋阳学会了保护女儿，一旦发现对方有任何邪念，她就会奋不顾身地发出警告。

对于她的一些过激行为，旁人当然不理解，劝她："差不多就行了，带着个孩子还想怎样？"

她没想怎样，秋阳倔强地反驳，她讨厌这种封建传统的观念。为什么二手的男人是块宝，而带着孩子的女人就不能得到基本的权利？

秋阳有一次跟女儿的外教老师Ella聊天，吐露心声，Ella惊呼中国男人有眼无珠，让这么优秀的女人独守空房。

后来，秋阳带女儿去做公益活动，遇到了举家来中国做公益的吉姆。他很欣赏秋阳对孩子的教育方式，一来二去，俩人成了朋友。

吉姆建议秋阳找一个外国人，欧美一些国家对婚姻的看法就相对简单多了，他们只看重"人"，只要两个人在一起合适，其他的都不是问题。

在此之前，秋阳从来没想过要嫁给外国人，虽然看欧美大片时，她盯着那些衣冠楚楚的帅哥也流过不少口水，可她的英语很一般，跟外国人说话都不利索，还怎么谈恋爱呢？

然而，热心的吉姆真的给她介绍了一个男朋友，高高的个子，第一次约会穿得西装革履，像是即将结婚的新郎。

单单是这种仪式感，就让秋阳感慨万千。

秋阳有些紧张，因为蹩脚的英文，她也不知道自己在说什么，反正一股脑儿地把什么都跟他说了。然后，她才醒悟不应该太直接，这样会吓跑帅哥。

他笑着安慰她，给了她一个鼓励的眼神。

秋阳还是没能跟帅哥走到一起，因为语言的不自信，连带着对自己也不够自信。

后来，她发愤图强，跟女儿一起报了亲子班学英文，口语日渐流利，还通过社交网站结交了一帮外国友人。

秋阳了解了一些西方发达国家年轻人对待感情的态度，他们一般谈恋爱都比较早，早得都还没有意识到感情是什么东西，便懵懵懂懂地结束了。但是，越长大，他们对感情越慎重，可能会跟一个人保持亲密的关系若干年，却不会轻易跟对方说爱。他们一旦"许下一生一世"的愿望，便对婚姻十分重视，家庭观念也比较强。

这跟秋阳的很多观念不谋而合，恋爱就应该多谈几场，不然也不知道珍惜走进婚姻的不易。特别对男人来说，更应该如此。

频频回头的人走不远，秋阳没让自己想更多，她告诉自己一定要幸福，把这幸福寄托在远方——好在，在北京这样的大都市，找一个外国人并不难。

与秋阳来往的人都是外国人，她拒绝身边人的介绍，自然也遭到很多非议。邻居大妈、单位热心的同事，一边对她的所作所为嗤之以鼻，一边又按捺不住好奇之心，将她的故事放大，传播。

秋阳坚定了信念，即便这辈子不嫁人，也不嫁中国男人。即便她身边嫁给外国男人的姑娘像飞蛾扑火似的，伤痕累累；即便一些嫁给中国男人的女性友人找到了属于自己的幸福，并努力重建她已经混乱的"三观"。但是，她依然坚信自己会"与众不同"，就像每一粒沙子都向往成为珍珠，"错误之路"只有自己走过了，撞得头破血流，才算是真正地死心。哪怕这个代价会很大，她也认了。

一棍子打死一群人的做法，显然有失偏颇，但是她曾经被中国男人用不同的方式羞辱过很多次，她再也不能自取其辱。

这是一种应激性自我保护，根据二八法则——简单粗暴却又是最好用的——只需要花费两成的心思，就能避免八成不必要的麻烦。

"走捷径"是人们的一种普遍心理，从嫁人到早上吃什么，人们在降低做选择的成本，简化选择背后的流程。

　　然而，每个人都觉得自己是独一无二的，只要有爱，人们总是能够找到最适合的相处方式。

　　菲奥娜公主并没有找到一个温文尔雅的王子，她跟史莱克一起变成了怪物，在泥水里嬉戏玩闹。她降低了自己的姿态，演绎了另外一种公主与王子的幸福神话。

　　这个世界本不存在"谁配不上谁"，甲之蜜糖、乙之砒霜。每一个你嫌弃的人，都会成为另外一个人的追逐对象。

　　后来？后来秋阳真的嫁了一个外国人，一个德国男人，他们现在很幸福。

　　"我并不认为外国男人就好，中国男人就差，你只是正好遇到了一个好的外国男人而已。"与秋阳聚会时，我直截了当。

　　"我承认你的观点，我只是当时魔怔了，一心想找个外国人。结果碰对了。所以有时候一条路走死了，就换个方向，虽然未必对，但总算让自己有了走下去的勇气，不是吗？"秋阳十分豁达，这一次她的话，我认同了。

　　微疗愈：
　　生活中，也有像秋阳一样只钟情于外国男人的中国女人，这看起来多少让人觉得好笑，却又不得不引起人们的重视。

虽然人种不同，人的想法有些不一样，但是祖先从树上跳下来的那一刻，就决定了人性都是相通的。外国的月亮永远不会比中国的圆，只是人们的有色眼镜在作怪而已。一个人对待感情是否认真，根本没办法通过地域、人种等进行简单的划分。

与其说秋阳对外国男人偏爱，不如说是一种应激自我保护，类似于一朝被蛇咬、十年怕井绳，不过是为了避免伤害而已。就像有些相信星座的女孩子，一旦过去受到过某个星座男的伤害，再遇见这个星座的男人，潜意识当中便会开启"自动防御"警报。

根据吸引力法则，你是什么样的人，就会吸引到什么样的人。所以，要想得到更好的另一半，最好的办法是让自己变得更好，不断地提升自己，学识、生活层次上了一个台阶，遇到优秀男人的机会就会随之提高。

当然，如果像秋阳一样陷入了迷茫期，一时间找不到人生的方向，不知道怎么办的时候，就按照自己的想法坚定地走下去，最起码这样还有坚持下去的勇气。

姑娘，你可能真没自己想的那么好

跟F第一次见面之后，回来的路上，陈聪在微信上跟姐姐反馈："不合适。"

话语中透露着些许的遗憾，为之前长达一个月的微信聊天心生可惜。

F是姐姐给陈聪介绍的对象，比她大六岁，"海龟"，供职于事业单位，有车有房。

姐姐劝道："他条件这么好，不要见一次面就妄下定论！"

在他人眼中，到了陈聪这把年纪，所谓的婚姻，不过是找一个"条件好"的人养活自己下半辈子，能够让自己少吃点儿苦，如此而已。

陈聪进行了两天的思想斗争，写满了两张草稿纸，终于说服了自己，虽然他长得不高，也不太好看，但其他条件还行，可以再试试。

好在F也比较热情，就这样一来一回地又聊了两个星期，见了四次面。

女人是一种感性动物，她的感情是随着见面次数的增加而累积的，天长日久真的可以慢慢生出感情，或者说是一种傻傻的感动与依恋。

姐姐又问进展如何，陈聪想了想说："还行吧，只是长得真心不好看。"

可是，事与愿违，她过了自己的那一关，却没过了F的关，她觉得他及格了，但在相处一段时间后他却觉得她不行。

之后，他们再也没有见过面，微信上几乎就没出现过他的消息。

这是一场彼此的试探，稍有不对的苗头，有人选择跨越障碍，有人选择掉头逃跑。

五年前，陈聪谈过一次恋爱。

朋友的聚会上，陈聪跟Y先生都是被中间人拉来的，在一堆陌生人中间，两个被冷落的人自然而然地聊了起来，第二天他俩便单独行动。

交往一个月后，Y先生突然提出："不如明天，我们去领证吧。"

她被吓到了。

她突然想到很多很现实的问题，例如双方家庭，他的工作前途，婚房……Y先生还没有房子，工作也就一般，如果真要结婚，房子至少得先买了，还得写她的名字……

他约她去见他的父母，她没去，她觉得自己需要时间把想法先挑明了。

一星期之后，Y先生或是因为尊严受损，或是热情退却，他给陈聪打了电话，提出分手。

陈聪用了一年的时间，来平复相识一个月带来的情感波动。

当他们在QQ上可以海阔天空地聊生活、聊工作、聊他的老婆孩子时，她真的很想为自己哭一场，不是因为这份有始无终的情感，而是突然的醒悟——这世间一切都是有期限的。

爱、憎、恨，人的一切感情，都是有期限的，而限期的长短，取决于你到底有多好。就像Y先生对娶陈聪这件事的坚持，就仅有一个星期而已，或许还不到。

前些日子，男闺密李默相亲遇到了一个还不错的女孩子。

可是，郎有情、妾无意。李默给女孩打了一次电话，表明了自己想进一步接触的想法，对方却婉转地拒绝了。李默就此放弃。

陈聪还记得当年李默追她的那股子劲儿，如今完全没了。

陈聪问李默："为什么这么容易就放弃了？"

李默十分平淡："她也就那么回事吧，不值得我大动干戈，劳民伤财。"

原来，在李默心里，女孩是高看自己了。

好友D即将结婚，新娘不是大家认识的小G。

二十五岁那年，D辞职骑行西藏，路上捡回来二十出头的小G，俩人灰头土脸地回来之后，顺理成章地谈起了恋爱。

也曾经幸福过一段时间，一颗不安的心随着买房买车而安定了下来。准备结婚的时候，小G却跨上单车，走了。

这一次，他没有跟随她而去，他突然意识到这个姑娘没他想的那么好，再不值得自己更多的付出。

这么多年，姐姐给陈聪张罗过不下十个相亲对象，每一个都是经过她"慧眼"识别之后，感觉"条件不错"的，生怕她一不小心落到"条件差"的男人手中，过上苦日子。

姐姐只比陈聪大两岁，如今孩子已经十岁了，家庭幸福、夫妻恩爱。她一直把她当成孩子看待，关心她的温饱、婚姻，像大多数家长一样，她一直觉得妹妹很优秀，值得更好的男人。

然而，跟F相亲失败之后，姐姐竟有了很大的转变，她开始思考："哪个男人，是妹妹能看上，对方也能看上妹妹的。"

当朋友们问起陈聪到底喜欢什么样的男人时，她经常拿"感觉"来搪塞，可是如果真的让她把这个"感觉"量化，她还是得继续搪塞，敷衍别人、欺骗自己："所谓的感觉，说白了就是我看你顺眼、你看我也顺眼，你愿意跟我聊天、我也愿意跟你聊天，你觉得跟我待在一起有意思、我觉得跟你在一起也有意思，就这样。"

可是，"感觉"这个东西真的只可意会不可言传。说到底，陈聪的"感觉"，是感性、是情愫，更是条件。

微疗愈：

出现在陈聪生命中的大部分男人她都看不上，少数几个她看得上的，人家又看不上她，所以就这样一直单着。

有人问格力董事长董明珠怎么不找个对象，她说："我看上人家的，人家看不上我；人家看上我的，我看不上人家。"

跟陈聪是一样的原因。

不过董明珠小姐是因为工作太忙，没有时间去寻找，而陈聪小姐却是十足的太"作"。她连"感觉"是什么都搞不清楚，却把"感觉"作为择偶的标准，人又"作"、事儿又多。

要解决这个问题其实很简单。

首先，要提高自己的"档次"。想要找一个更好的男人，就需要去一个更好的圈子，如果出身不能带给她红利，那只有通过自身后天的努力。

其次，心中没有明确的择偶标准，这都不是事儿，但是切忌用"感觉"把别人一棒子打死。在没有"标准"的前提下，就要接触不同类型的男人，女人有第二眼美女，男人当然也有第二眼帅哥——被颜值掩盖的情商、学识等等，刚见面就给别人贴标签，多少显得不够诚意。

不要成为让自己都讨厌的人

曹静是个爱幻想的女孩子。

她曾经纠结自己到底会嫁给什么样的男人，身材好的？富有的？还是才华横溢的？

过了三十岁，她才明白自己当初真的想多了。

就像我们小时候总以为自己一定能考上清华、北大，甚至为在两者当中只能选一个而伤透脑筋，然而，后来大部分的人都去了青鸟、蓝翔。

理想很丰满、现实很骨感。

要找一个什么样的男人，这不仅仅是曹静，也是大部分女孩在面对嫁人时，都必须慎重考虑的一个问题。

情窦初开时，我们不知何为"婚姻"，只希望和喜欢的人一起上课，放学；长大了谈恋爱了，那个跟你"情投意合"的人，就是你想一辈子相守的；后来，真的到了谈婚论嫁的年纪，婚姻再不是荷尔蒙催生的产物，而是现实考量之后的"综合参数"。

段位低一点的会问："有房没？有车没？工作稳定不稳定？"

段位高一点的问题暗藏玄机："你家车库的物业费是多少？"

曹静父母都是大学老师，家教严，在她读大学之前禁止她涉足"你情我爱"，所以曹静的恋情属于"黄昏恋"，五年医学院读下来，二十三岁了，经人介绍开始了第一段恋情。

M是农村里走出来的，虽然受过高等教育，可用曹静的话说，身上依然沾染着"鸡毛蒜皮的气息"，这是相处一年后才发现的。

一开始，M很贴心，像夏日里的蒲扇、冬日里的小棉袄，各种好。

那时，曹静经常值夜班，生活不规律，瘦得像一只小猴子。M做饭手艺不错，变着花样给她做各种好吃的，送到医院。每逢她周末值班，他便安静地陪着她。

同事们纷纷对M竖起大拇指："遇到这样的好男人就嫁了吧。"

即便人类早已过了单凭物质富裕就能获得幸福的年代，可是人们在寻找配偶的时候还是以物质基础为根本，这是源于骨子里对饥馑年代的敬畏。

总有一天，精神的需求会被拿到桌面上来，只是不知道那是一些什么样的衡量标准，会不会是读过什么大学？业余有什么爱好？

曹静心里自然是喜欢的，可是没有房子，这婚怎么结呢？她总不能让他入赘到她的房子里，即便他曾经也表示过不介意。然而，她反复掂量，总是过不了自己的这一关。M如果连个遮风避雨的地方都不能为她准备，婚后哪儿还能谈得上幸福？

有一年过春节，曹静跟M回了一趟他老家，飞机、汽车、小三轮、步行，再加上雪地路滑，倒腾了一整天才到，筋疲力尽。

而当天晚上，他却把她一个人丢在家里，走亲访友玩到很晚才拖着踉踉跄跄的身子回来。

M喝醉了，跪下来求曹静嫁给他，这是他第一次求婚，也是最后一次。

曹静吓傻了，她不知道要怎样才好，M的家人都在劝她赶紧同意，结束这场闹剧。可是，她却当了真，没有求婚戒指、没有房子，她万万是不能答应的。

曹静跟M说了自己的底线，她需要房子。

M嚷嚷着他不介意"倒插门"，只要房子写上他的名字，他愿意让他们以后的孩子也姓"曹"。

曹静哭笑不得，原来他心里早已经计划好，只是清醒的时候碍于面子没有说出来。

见曹静犹犹豫豫，M的家人似乎有点不太高兴，在他们看来，他已经做出了很大的让步，就连传宗接代的使命也放下了，为什么她还不同意，难道根本就没打算做他们家的媳妇？

回到城里，他们谁都没再提那天的事情，倒是她的准婆婆打来电话，问她考虑得如何了，她想都没想就挂了电话。

M还是曾经那个"暖男"，对她无微不至、言听计从、洞察她的每一个小心思。她过生日，他的一番真情告白让她整个心都醉了，再次陈述了没有房子不结婚的底线。

两个人冷战了很长时间，随后M对她的态度发生了一百八十度的转变。

因为房子的问题，他把自己变成了"职业差评师"，不管曹静说什么，他都能"引经据典"地反驳她，不管她做了一个什么决定，他都能东拉西扯地打击她两句。

他用自己的方式发出了对曹静的不满，也把爱情推上了绝境。

许巍是曹静自己找到的男人。半夜，她的车子在马路上抛了锚，她等了好久的出租车，这时一辆黑色别克停了下来。

司机就是许巍。

曹静当时没有进行任何"危险分析"，疲倦的她只有一个念头，赶紧回家泡个热水澡。

她第二次在家门口遇到许巍，俩人便留了对方的号码。没有车的那段时间，许巍成了她的司机，每天接送她上下班，不分昼夜。

许巍并不是那种会照顾人的人，只是恰好曹静的时间跟他出车的时间一致。

他曾经是开饭馆的，一直做不大，去年家里拆迁，分了三套房子和可观的现金钞票，他便关了饭馆，买了一辆轿车跑出租。

他不在乎赚多少钱，纯属打发无聊的时间。

许巍跟曹静这样的高才生，怎么着也不在同一个调上，可是偏偏他对她就有一种天生的魔力，吸引她一步步靠近他。

曹静觉得男人就应该活得像许巍这样，粗一点，不拘小节才好。

许巍个子不算高、人也不算帅，肩膀宽、身体结实、皮肤黝黑，像是长期从事体力劳动的结果。曹静看着他，觉得男人就应该是这个样子的，她不由得在心中畅想：他有房子、有车，两个人的婚姻对他们来说万事俱备，只要他求婚，她一定会答应他。

俩人的恋爱谈得如胶似漆，却遭到曹静父母的强烈反对。一个书香门第的家庭，怎么能允许一个贩夫走卒的女婿上门！

　　许巍三番五次登门"拜访"，老两口安静地坐着，坚决不松口。那一刻他觉得自己很卑微，低到尘埃里。

　　曹静看在眼中，急在心里。她分析父母之所以"看不起"许巍，是嫌弃他的工作，如果他换一份工作，是不是就好了呢？

　　大多数时候，工作决定了一个人的社会地位，被社会认可和尊重的程度，不是钱。

　　曹静不动声色地给许巍找了份工作，在一家广告公司做销售，她希望他可以从最基本做起，一点点成长。

　　她的"好心"显然刺激了许巍，可是为了他们的爱情，他还是做了妥协，一步步地走上了职业化道路。

　　然而，父母并没有因此而松口，他们又提出婚后财产要一人一半。

　　许巍当下愣了，脸色铁青。

　　曹静忙从中打圆场，他们已经说好了，房子会过户两套给她，希望父母能够放心，他对她是真心。

　　曹静撒了谎，可是她还是希望许巍能够像上次那样退让一步，答应她。虽说爱情不能用金钱衡量，可是房子毕竟不是别的什么东西，如果他真的愿意过户哪怕一套给她，她也能看出她在他心中的分量。

电影里男人向女人求婚的时候，为了表示真诚，不都是带着房产证和银行存折的吗？收不收是她的事，但是做不做关乎他的真心。

曹静抱着这个想法，一直期待许巍能够有所表示，可是她收到的却是他的一条分手短信。

她以为她的感情是纯洁的，不会被金钱所侵蚀，她讨厌那个一直觊觎她房子的M，没想到最后却成了让自己讨厌的那类人。

微疗愈：

《致青春》中，郑微对陈孝正说："人生真是讽刺，一个人竟然真的会变成自己曾经最反感的人。"

小时候，我们讨厌那些总是自以为是的大人，他们好像永远都不懂得小孩子到底喜欢什么、想要什么，总是逼着我们写作业、看很多很多的书，等我们长大了才发现学习是小孩子的使命，他们不懂事，想要随心所欲，而大人却必须做一个合格的麦田里的守望者，引导他们走上正确的道路。

还未走上社会时，我们讨厌别人阿谀奉承，可是当自己身处职场，才发现阿谀奉承能够给自己带来很多便利，有时候甚至是通向康庄大道的便捷之路，尝到了甜头的自己，逐渐迷失了方向，还为自己找了一堆借口。

虽然曹静最初可能并不是一个物质的女孩，可是当她的位置发生变化之后，就沾染了俗气。M想要分她的房子，她认定他是物质的，对她所有的好，不过都是在打房子的主意，她打心底鄙视他。而跟许巍在一起，她成了觊觎别人房子的人，可是却给自己找了冠冕堂皇的借口，用房子试探对方的真爱，失去后才知道自己是多么幼稚。

同样贪婪的举动，第二种在曹静的心目中立马变得"高尚"了，却不知道这不过是她欺骗自己的把戏，只是给自己戴了一张假面具。

女孩一旦成为这样的人，条件好的男人大多都会避之不及。谁也不想娶一个总在算计的人，毕竟普通人想要的都是顺遂的日子，而不是宫斗剧或谍战剧。

根本没有"最合适"的人

青竹曾经认为，这个世界，总有一个最适合的男人在等着她，之所以到现在还没出现，只是时机还未成熟。

什么时候成熟？天机不可泄露。

她只猜中了开头，却没有猜中这结局：从二十四岁到三十一岁，这一等就是七年，时光如流水，她依然孑然一身。

其间，她遇到过不少男人，曾经也有过一些交集，可都因为"不是最合适的人"，终究擦肩而过。

二十六岁那年，青竹有过一次差点走进婚姻的爱情，分手的时候，他跟她说了一句耳熟能详的话：你不是那个最合适的人。

青竹痛哭过、抑郁过，振作之后，她告诉自己：最合适的人，不管是你打他、骂他，他都一定不会离开。如果他离开了，说明这不是最后的结果，他也不是最合适的人。她发誓要找一个比他更好的人。

聪明的女人，总是能通过一次恋情学到一点什么，这才不枉费投入的时间成本。青竹就是这样的女人。

通过一次次"你喜欢我""我不喜欢你""你觉得我合适""我觉得你不咋的"等量的积累之后，她某天突然开悟：这个世界根本没有最合适的人，她这么多年苦苦寻找的，不过是一场自以为是。

青竹不是个案，好像很多女人找对象时，总会给自己画一个圈，设下条条框框，以为这样筛选剩下的都是精品，最后却画地为牢，圈住的只有自己的幻觉。

她心中最合适的男人，一定要高大威武，但一定不能是笨拙的大块头，身材像健美先生，灵活如脱兔。当然这一切都需要有钱来装饰，有房有车是最基本的，每年还能带她到欧美地区"富游"一两次。

她心中最合适的男人，一定要学富五车，像她的导师，跟他在一起能学到很多。光会读书还不行，一定要活学活用，运用他聪慧的大脑成为人中龙凤，走上人生巅峰。

她心中最合适的男人，一定要跟她有共同语言，心有灵犀，他能读懂她的一颦一笑，明白她发出的每一个暗号。只需要一个眼神，便心照不宣。

…………

每个女人在找对象时，都设定了一堆的条件，那些说

"没有条件"的女人，其实心中都有一个影子，只是出于各种原因没能说出口罢了。

人以群分。青竹身边有不少没有嫁出去的女人，她们经常在一起吃喝玩乐、聊天八卦，她们用自己的"规则"在自己周围树立了一道道高高的篱笆，自以为过滤了坏男人，不料同时也阻挡了很多好男人的视线。

三十岁之后，青竹喜欢总结和琢磨，当她意识到这点的时候，她反问自己，如果不好定义最合适的人，那么，能不能排除最不合适的？

这种逆向思维很管用。

她总结出最不适合自己的男人，从外表来说应该是太矮的、五官不端正的、太娘的、穿着像"洗剪吹"的、留长指甲的；从个人修养方面来说，她最受不了的是腹中没多少才识却总爱显摆的，还有不务正业、游手好闲的等等。

青竹的这些要求真的不高，可以说是一个人之所以为人最基本的标准，可是这么多年她按图索骥地排除了很多男人，发现剩下的寥寥无几。

这些简单的要求背后，却意味着很多。青竹苦不堪言。

青竹约会过的其中一个对象，各方面都很完美，唯独只有一点让她厌恶：长指甲。

介绍人说她矫情：大不了确定关系后，一剪刀下去……

一个小手指指甲超过两厘米的男人曾经告诉青竹，他小手指太短，容易招小人，必须留长指甲，才能让他生意更加兴隆。

　　如果提高到信仰上来说，一个简单的指甲问题就变成了复杂的不可调和的矛盾，而且你压根不可能在确定恋爱关系后，一剪刀剪出两个人的光明未来。

　　你看，能够找到一个合适的对象，是多么不容易的一件事。

　　很多人以为微不足道的小瑕疵不足以引起重视或者直接可以忽略不计，但是婚姻无小事，不是还有很多夫妻为了挤牙膏的方式而离婚吗？

　　那些已婚的朋友，也有不少看起来很幸福的，青竹当然没有忘记跟她们取经。

　　青竹第一个比较感兴趣的话题是，她们当初到底是怎么找到那个Mr. Right的。

　　第一个她说："没有找，他就那么出现了，每天对我死缠烂打。我都没有机会挑剔他身上的毛病，就这么成了他的人。"

　　第二个她说："恋爱之前我们是很多年的好朋友，有一天他穿了一件很好看的白衬衫，我就这么五迷三道地爱上了他，甚至原谅了他曾经追求过我的闺密。"

第三个她说："相亲，相了很多人，心累，便告诉自己不要挑了，多看他的优点。"

…………

为什么结婚生子在别人那儿都是一件简单、轻松的事儿，到了自己这里就跟难产似的，不能给个痛快的活法或者死法？

但是，当青竹问到她们选择的这个男人是否是最合适的时候，她们纷纷陷入沉思。

"什么合适不合适，放在一起凑合过呗。"

"最合适的那个人，永远不是自己身边的。"

"谁知道合适不合适，也没跟其他人试过，这辈子怕也是没机会了。"

…………

青竹遇到过一个"最合适"的男人。她觉得他就是上帝派来的，她暗暗发誓一定要抓住他。

他是广告公司的客户总监，她是公司广告部的业务对接人。

一开始是业务上的沟通，作为乙方公司的人，他陪吃陪玩，她也很有兴致跟一个有趣的人聊天。他们见面很少谈工作，多是读书、看电影，两个人找到了很多共同的爱好，像是走失多年的老朋友。

他体贴得像一个真正的男朋友，她为他在公司说了很多好话，将整年度的广告都给了他们公司。谁都没捅破这层窗户纸，但他们确实又像恋人一样，他甚至会牵她的手、拥吻她，幸福满溢。

最后是她开了口，让他一起回家过中秋，希望借此机会让两个人的关系更明朗。他不答应也不推辞，关系暧昧。直到有一天，一个女人给她打来电话，警告她离她老公远点儿。这时，他隐婚的消息才真正暴露。

青竹没有拆穿他，渐渐放弃了幻想，他依然对她嘘寒问暖，道貌岸然。

爸妈难得来城南看她一次，老爸亲自下厨烹饪美食。她吃着美食开心地说："能找到老爸这样的好男人，我肯定就嫁了。"

老妈撇嘴："我用了三十年的时间，才给你培养出这样一个好爸爸，你以为容易吗？男人就像一棵小树苗，不修整哪儿能成材？你就等着天上掉馅饼，什么时候能嫁出去……"

围绕着婚姻，老妈说了很多，青竹却琢磨出了个中滋味，她笃定地说：这个世界根本没有最合适你的男人，那些看起来合适的男人都是被调教出来的，早已打上了别人的烙印，他们有一个共同的名号：别人家的老公。

找到那个他，从来不是一道数学题，不能自己设定前提条件，使尽各种"解数"去找答案，而应该是一部小说，自己亲手撰写精彩的过程，结局是在一起。

微疗愈：

小时候跟妈妈说喜欢吃西红柿，菜园子里就会空出一片地种上西红柿秧子。

之后，我们每天放学浇水，隔一段时间施肥，得空还要去抓害虫，从开花到结果，盼望着、盼望着，在漫长的等待中学会了爱。

也正是因为这等待，让西红柿吃起来更甜。

长大后告诉妈妈喜欢吃西红柿，她会从菜市场拎回来一大包，大的、小的、中不溜儿的，各式各样，物质极大丰富，却再也没了小时候的滋味。

随着社会的发展，时代的节奏在变快，就连农村都发生了翻天覆地的变化。当然，改变的还有人心，再也没有静下来等待一棵西红柿秧苗长大、开花的心思了。

生活在新时代的青竹，乃至我们很多人，都是吃"商品粮"、穿"成品衣"长大的，一切都是现成的、唾手可得的，不用费尽心思，就能找到最适合自己的。

这种思想也被带到了感情当中，等不及彼此的磨合，也承受不了磨合当中的痛，索性就去寻找"最合适"的那个，一个接着一个换、一个接着一个扔，就像挑商品似的，泱泱大国、地大物博，商品丰富、人也很多，就不信邪了！可是，她哪儿晓得，人是一个动态发展的生物，不能用米尺丈量出确切的标准，也没法按照既定的标准去匹配对象，"挑"到最后，终是节外生了枝。

静下来，用等待一朵花开的时间和精力，去培养一个与自己合拍的人，这才是"缘分"的真谛。

告别错的，才能遇见对的

周煜和吴庆牵手的时候，她脑中闪过八个大字：执子之手，与子偕老。

跟大多数恋人一样，爱情在他们心中，就应该是相守一辈子。

吴庆名牌大学毕业，在一家事业单位做文字秘书，写讲话稿、新闻通稿，搭好了框架往里面填内容，模式万年不变。

他酷爱读书，虽然不是上知天文，但对地理却了如指掌。

两个人在一起，受到彼此的影响，再正常不过。

在吴庆的号召下，一向只喜欢抱着手机刷微博、逛淘宝的周煜，下班也拿起了书本，蓬头垢面地窝在沙发上，读得津津有味。

《后宫秘史》《我的美女老板》《霸道总裁爱上我》……

周煜读得用心，吴庆看得惊心，就像看着小孩子喜欢吃炸鸡腿，毕竟是当不了主食的，反而会引发各种肥胖。

周煜像小孩子一样任性，针锋相对："千金难买我喜欢！！"

这是两人的第一次较量，吴庆让了步，埋头读起自己的《中国通史》，在那里寻找一片清净。

两个人在一起的往事，每一件事周煜都记得一清二楚。

吴庆和周煜的感情持续了三年，这三年里他对她周到体贴。

周煜跟她爸关系不好。那年他抛弃妻子去远方寻找梦想，一去就是二十年，期间结婚、生子、离婚，风光过、落魄过，人生跌宕起伏，如今老了，想要回头是岸，却早已没了瞭望塔。这时，吴庆出手相助，让他有了一个落脚点。

为此，周煜差点跟吴庆闹掰。

吴庆自作主张地在这场"父女"战争中当起了裁判，他觉得他是周煜的父亲，不管如何都有血缘关系，打断骨头连着筋呢。他不是她的敌人，时间才是。时间夺走了他的一切，时间把他带到她跟前，时间安排让她重新获得一份父爱，如果她有什么怨恨，那只能是时间不对。天伦之乐，每个人都值得拥有。

吴庆不仅反复地劝说，还制造小偶遇，让他们父女有更多面对面的机会。

周煜开始认真审视这个最熟悉的陌生人，她的爸爸，他两鬓的白发、脸上松弛的肌肤，都是岁月给他的惩罚，她为什么还要继续在他伤口上撒盐？

父女的紧张关系有所缓和。

周煜第一次跟她爸共进晚餐，回来后在吴庆怀里哭得肝肠寸断，好像把一生的泪水都流干了似的。

因为读书多，吴庆想法也多，如果能走进婚姻，这样的男人一定有办法给老婆幸福，不管是买一件小玩意、讲一个小故事，还是说甜言蜜语。

周煜做好了升级为吴太太的准备，她想到了很多浪漫的求婚方法，却十分肯定哪一个都不如即将发生的这场浪漫。

可是，周煜忘了，一个按部就班写讲话稿的人，太理智，编不出女人想要的"小白文""总裁文"。

吴庆说他要暂时离开一段时间，老板在美国开发了一个项目，他的英语专八水平在公司算得上顶呱呱，他不想错过，甚至包括周煜的感受他都置之度外。

当男人说这段关系需要"慢慢"来时，女人真正害怕的不是时间，而是慢镜头背后被拉长的时间充满了太多未知和不确定性。

周煜不知道要慢到什么程度，可她试着去理解吴庆，这么多年，他在工作上表现平平，就连她也曾经嘲弄过他是一个"只会读书的书呆子",他需要突破口,时间以半年为限。

分开的这半年,他们每天都在网上视频,他说话夹杂着英文,他的晚餐变成了"垃圾食品",他的头发长了,他还需要半年时间。

一个两个"半年"之后,吴庆不再允诺时间,视频的次数也少了,据说公司开发了新项目,他每天工作都很忙。

他也不看书了,美国中文书少、又贵,英文的书读起来太费力,不如四处走走、感受一下美国的热土。

分手是周煜说的,吴庆就像过去无数次决定晚餐吃什么一样,她说什么他都是"随便、都听你的"。

男人从来不会直接说分手,他们往往会选择"逃避",躲得远远的,对外界发生的一切置若罔闻,变相地逼迫女人说出那两个字,他们顺着台阶就退出了情感舞台。

周煜现在还住在曾经跟吴庆住过的房子里,上班、下班、吃饭、相亲,这是他们分手后的第二年。

周煜如今找对象的条件,"懂我"依然放在第一位。她说懂一个人其实并不难,就是明白她做任何一件事的目的。

比如,到了这个年纪去相亲,想要的必然是跟一个知冷知热的人携手走进婚姻殿堂。如果仅仅是寻找感觉,那两个人的"三观"就不在一个频道,也就没必要发展下去。

当然，每个人心中都有一个死角，很多时候连自己都走不出来，别人何谈走进去？

朋友们心有戚戚，不敢在周煜面前提及吴庆，担心她心里还有难以放下的事情。

周煜哭笑不得："还记得我爸什么时候回来的吗？这并不重要，重要的是我妈竟然帮着一起劝我，让我'放下'，我当时对此很不理解，难道你们大家都忘记了他当初是怎么对待我们的吗？如今，我突然明白，我妈之所以没有责怪、没有怨恨，是因为她对我爸的感情也不存在了。'皮之不存，毛将焉附？'"

爱的反面从来都不是恨，而是冷漠。仇恨是一种起伏很大的情绪波动，而冷漠是彻底的死心。对方幸福也好、不幸也罢，所有的消息都被自动从眼前屏蔽，不再能拨动一个人的心弦。

微疗愈：

网上有一句话：爱的反面不是恨，而是冷漠。从来哭着闹着要走的人，都不是真正会离开的人。真正想要离开的那个人，会挑一个风和日丽的下午，穿上大衣出门，消失在秋日的阳光里，再也没有回来。

爱情里，最悲凉的三个字不是"不爱了"，而是"回不去"。从今以后，我们之间只有一种关系，那就是"没关系"。

当然，放下从来不是一件简单的事情，需要时间和勇气。

一个在感情中受到伤害的年轻人问一位大师，我放不下她怎么办？

大师递给他一个杯子，端起滚烫的开水给他泡茶，眼看着开水就要溢出来了，他立马放了手，杯子掉在地上。

感觉到烫了，自然也就放下了。

所以，首先你要意识到一点，这世间没有放不下的人，也没有断不了的感情。如果有，那一定是因为伤得不够透彻。

其次，放不下，是因为没有遇到更好的。如果分手之后立马有人填补空缺，没有人会继续沉浸在过去的伤痛中。

第三，闲是万恶之首，因为太闲了就会胡思乱想。所以，爱情不能是女人的全部，还是要有梦想的。当爱情不再的时候，全部的精力就可以放在实现梦想当中。

不要用别人的错来报复自己

P小姐是我大学同学。

她跟同居一年多的男友提出结婚，却把对方吓了一跳，不过是在一起一年多，这就要结婚？捆绑一辈子？

男人如果不想结婚，就会轻描淡写两个人的日常，哪怕已经一起过了四百多天。

过去的日子里，P小姐白天为他素手调羹、洗衣拖地，晚上与他春宵一刻。除了没有那一纸婚约，可她偏偏就想要那一纸婚约。人必须要捆绑在一起，才能够有安全感，她想要的是一个家。

P小姐顶着被上帝嘲笑的风险，思考了两个月，最后决定分手。男人说他还没做好进围城的准备，从此消失得无影无踪。

这是发生在P小姐二十三岁那年的故事。

那时候的她特别纯情，觉得两个人恋爱了，就一定要结婚，哪儿能随便跟一个男人同居而没有结果。

以前，P小姐认为如果女孩子谈恋爱却没进入婚姻，是一种随便的表现；如今她领悟到，相爱正浓时讨论婚姻，是一种极其鲁莽的行为，就像人们活得好好的，却总是被问及若是得了绝症怎么办。

婚姻、爱情和性，不能混为一谈！

有些道理说出来很简单，但是真正到了生活当中，却又没了明确的衡量标准。

P小姐说日本女人外表平和内心火热，是传统加开放的综合体，所以很多日剧里面，经常探讨的是已婚女性的婚后爱情。她们可以和不爱的男人结婚、组成家庭，婚后做一个贤惠的好妈妈、好老婆；而在爱情方面，却可以背着丈夫有一个很爱的情人、调剂生活；至于性，她们偶尔还跟有情趣的男人开房……

她二十三岁遇到的那个男人，是一个很好的恋爱对象，他给过她爱情中所有的浪漫和憧憬，她也几乎把所有的感情都倾注到他身上了。当时没有想过，那样爱着多幸福，干吗要用婚姻把别人吓跑呢？

P小姐是一家顶级酒店的领班，这些年，她的恋情从没中断过。工作环境让她能接触到很多优秀的人，其中不乏真小人和道貌岸然的伪君子，但是她却乐在其中。

那个叫涛的大男生，在超市中了奖，邻市免费三日游。

来到这里之后，他看什么都觉得稀奇，对热情又漂亮的领班姐姐更是充满好奇，索性大学毕业后搬了过来，对P小姐展开疯狂的追求。

P小姐说，遇到涛之前，能吸引她的男人都是有钱又成熟的。

她丝毫不避讳对有钱男人的欣赏，她觉得"有钱"代表一个人可以不受金钱束缚，有资本和实力接触更多的东西，更有内涵，更有品位，跟他们在一起也能提高生活质量。

爱一样东西，可以有很多理由；不爱了，只需要一个借口。

爱情也一样。

P小姐接受涛，是因为她需要尝试跟不同的人交往，才不枉年轻一场。

P小姐跟涛在一起后，完全找到了另外一种不同的感觉。她跟他一起吃大排档、跟同学聚会、到名牌大学蹭课……好像又回到了"最初"的爱情心态。

涛不喜欢P小姐的工作，甚至出言不逊地说，凡是跟酒店沾上边的，基本上就没有多少"干净"的工作。

小男人跟老男人对待爱情的态度完全不一样，小男人自己没有经济实力，却有超强的内在自尊，他们觉得只有女人对他言听计从，才真正给了他们面子，而完全不明白在艰难的生活面前，如果没钱，大家都没面子。

这方面，老男人就显得从容多了，特别是有钱的老男人。

涛一个月赚五千块钱，还不到P小姐的一半，他的话显然没有任何分量。经济基础决定上层建筑，这句话一点都不假。

涛离开的时候，剃了锃亮的光头，戴着帽子，一路向西，据说为了纪念自己的失恋，要骑车进藏——沿着《转山》男主角的路线，让生命得到升华。

P小姐不懂文艺，只觉得涛太过矫情，明明从恋爱的那天起，他就有去西藏的梦想，如今分开了却假以这样高尚的"大帽子"，难道他从恋爱的开始就为失恋做好了准备？

为赋新词强说愁。

还有另外一种分手的方式为女性朋友所诟病，分开后，他四处跟人诉苦，说对她有多好，为了她放弃了一二三四五六七等等，好像全天下人都负了他。此时她最明智的选择是缄口不言，解释只会给他更多把柄。

只是，失恋真的可以这样游刃有余吗？

P小姐总结出一条"豁达"的经验，要想在爱情中不受伤害，需要把遇到的男人仔细分类，因人而异区别对待。

在P小姐的字典里，男人分为三种，第一种是踏入围城相守一辈子的，第二种是倾注感情爱一世的，第三种是肌肤之亲满足欲望的。

如今，P小姐已经把这个方法运用得炉火纯青了，对于"可以结婚的"和"用来满足欲望的"，她一律不倾注过多的感情，却在"爱一世"那里加倍地索取。

用科学的方法，来管理人和事，这也不失是一种大智慧。

当然，也有失手的时候，只是她能从容安慰自己，常在河边走，哪有不湿鞋。

去年，那个叫丁伟的男人把戒指举到她面前，虔诚而专注。她心底偷笑，做得这么像真的呀！她接过那枚戒指，只因为它价格不菲。他以为从此能抱得美人归，却没想第二天她逃了。

P小姐永远不是那个逞强好胜的人，以为自己能扭转乾坤，创造终结浪子的神话。作为一个普通姑娘，最要紧的是学会如何保护自己，这就够了。

《大话西游》里有类似的桥段，至尊宝问菩提老祖："爱一个人需要理由吗？"

菩提老祖反问："不需要吗？"

至尊宝也反问："需要吗？"

两个人拉扯了好长一段"废话"，却也是电影经典的桥段之一。

经常有人问P小姐："如果永远遇不到那个被你定义为可

以结婚的人，怎么办？"

P小姐反问："可能吗？"

"不可能？"

"可能吗？"

……

一千个人眼中有一千个哈姆雷特，对于这个问题的答案，每个人心中都有自己的标准。

至于什么样的男人是可以划到"可以结婚"的行列，P小姐没有给出明确的答案，她的警戒心很高，让人很容易就能够想到，某天她遇到一个人，能让她放下所有戒备，这便是了吧。

微疗愈：

贞元年间，书生张生与表妹崔莺莺相爱，在婢女红娘的帮助下，两人在西厢约会，莺莺在张生的甜言蜜语之下以身相许。后来张生赴京应试，得了高官，却抛弃了莺莺，并斥责她为"必妖于人"的"尤物"。

由此诞生了一个成语，始乱终弃。

对于P小姐来说，看似是她主动，然而在她心中，乃至在世俗的眼光中，"吃亏"的还是女方，被诟病的依然是女方。

"思想开放"的P小姐之所以拒绝丁伟，"不要轻易和结婚对象上床"，反映了她内心的怯懦和对爱情的不信任。她外表张扬，骨子里却是极传统的，她怕沦落到"始乱终弃"的下场。索性在还没有付出太多感情之前，选择及时止损，回头是岸。

男女关系当中，一直有一个规律，如果一个女人太容易让男人得到，他就不会珍惜。所以，我们经常能看到男人费尽心思追求自己心爱的女人，而女人虽然心里有一百个中意，依然会故意躲躲闪闪，制造"难追"的假象。

泰戈尔说："我追求我所得不到的，我得到我所不追求的。"

这是P小姐的症结所在，她太矛盾了。经历过一次失败的恋情之后，她选择游戏情感世界，她以为是在报复男人，其实这个"报复"是双刃剑，自己受到的伤害甚至更多。

她要做的是忘记过去那些"不堪的往事"，正视自己的身体和内心，让两者结合起来，才能放过自己、放过爱情。

佛系爱情，不是非你不可

阿木跟闺密宣布她失恋了，十天前。

就好像讲述"前几年"的事情，表情上丝毫看不出一点变化。

闺密劝她别难过。

她将顺直的长发拨拉到后背，坐直了身体，瞪着眼睛反问为什么要难过。

阿木特别不赞成失恋就像死了亲人似的，呼天喊地。

她从来都不觉得失恋应该是一件难过的事情，对于一个心智成熟的人来说，最应该明白的是这世界所有的聚合，最后的结果都是分离，即便形式上没有分离，精神上也将演化成貌合神离。

我们要做的不是为了失去而难过，而应该是感激曾经一起走过一程，坦然地挥手说再见。

套用梁实秋的一句名言："你走，我不送你；你来，无论多大风多大雨，我要去接你。"

作为一个佛系青年，阿木认为万事皆欢喜。她对待恋情的态度，从来都是："你来，我欢迎；你走，我不送。"

"刚送走"的那位，就是不请自来的人之一。

他们相处了大半年时间，走之前，他才忽然明白，她一直都不爱他。她所谓的佛系不过是一个幌子，他没能走进她的心里，到底还是可有可无。

阿木淡淡地"哦"了一声，门在男人身后咣当一声合上。

阿木本来以为年龄大一点的男人对待爱情会比较淡然，或者跟她一样佛性，只要彼此心中有爱，不需要那么多繁文缛节的证明。

哪怕是工作忙得脚后跟打后脑勺，也要竭尽全力地赴一场约会，这是二十来岁的小年轻做的事情。他们只需要给彼此发一条信息，各自回家休息就好。

然而，他总是追在她身后要安全感。

情到深处，男人直接向她求婚，一房二人三餐四季，过上幸福的小日子。阿木默默地点了点头，以表示同意，继续翻阅手头的书。

本来应该是一个幸福结局，王子和公主从此喜结良缘。但是不管是男人还是女人，如果另一方没有踩住求婚一方的节奏，他们就会生出不被重视的感觉，这婚姻就显得太过勉强。

所以面对阿木的淡然，男人自乱阵脚，她怎么可以这么随随便便就答应了他的求婚，他们明明还不够了解。男人提出很多无厘头的要求，包括谈一场直奔婚姻的恋爱。

男人"作"起来，真的没女人什么事。

跟男人在一起，阿木觉得很累。她工作忙，一个星期要组织好几场公关活动，跟活动公司的对接已经让她疲于应付，她只想谈一场不费时间和精力的爱情。

男人抱怨阿木不爱她，甚至怀疑她心里已经被另外一个人占满。

如果某一个人走不进你心里，那可能因为他不是你的菜；但是若是所有人都走不进去，那一定说明你心里太过拥挤，容不下其他人。

阿木想过要挽留，但是然后呢？

男人走了之后，阿木又开始了单身生活，忙碌且充实。恋爱于她来说，是生活的调剂品，但并非必需品。

一个人离开，会有另外一个人补位，这世间并不是非谁不可。

女人在经历过一段刻骨铭心的感情之后，会有三种表现：勇敢者继续相信爱情，坚强去爱；理智者一日三省，不再把爱情当成生命的全部，成了佛系一派；只有傻姑娘，将自己包上一层厚厚的壳，拒绝任何感情的诱惑。

年轻时读王小波，他对李银河的表白惊天动地：爱你就像爱生命。那年我们热恋，我以为他是我的生命、我的空气，离开他基本上就像被宣告死亡。然而，当分手那天来临，有挣扎、有痛苦，最后都能顽强挺过来。如今活得好好的，甚至都已经忘记那个人长得什么模样，忍不住嘲讽年少无知的岁月。

阿木之所以今天如此佛系，是因为她不喜欢自己疯狂的状态。

她跟小F之间的感情，纠葛了好几年，最后遍体鳞伤，还是以分手而告终。

之后，她开启了长达八年的单身旅程，再之后的恋情都成了佛系系列，她再也没有放纵过自己的感情。

小F并不是她的初恋，甚至并不是她最钟情的一个男人。或许因为这样，所以这段感情起初并未引起她的注意，没想到它却有着顽强的生命力，暗自滋生。

认识小F是在一个雨季，阿木看到他顶着公文包脚步慌张地走在她的前方，她快步走上去，把伞高举到他的头顶。

阿木的善良举动打动了小F，而她却认为不过是举手之劳，无足挂齿。他坚持请她吃饭，她拗不过，开始了第一次非正式的约会，在马路边吃龙虾、撸串。

小F刚从美国留学回来，政府招商引资的项目，他是负责人。阿木第一次去他的办公室，就被一屋子的书震惊了，办公桌、沙发上随处可以取阅。

小F说他刚回国，又背井离乡来到这个城市，没有亲朋好友，所以只好沉浸在知识的海洋中。他以为这个城市的人都很冷漠，是阿木给了他一种温暖的感觉。

阿木渐渐被他的真诚与学识所感染，而他在工作上给了她很多指导，她也爱上了阅读的快乐。

他们谁都没说开始恋爱，却每天做着情侣做的事情。不管多晚，她总是等他下班，吃了夜宵，再牵手回家。

小F个子几乎跟阿木一般高，但是他做起事来雷厉风行的样子，让他的形象在她心目中显得愈发伟岸。

张爱玲通过小说《心经》中许小寒之口表达了对于爱情的见解："男人对于女人的怜悯，也许是近于爱。一个女人绝不会爱上一个她认为楚楚可怜的男人。女人对于男人的爱，总得带点崇拜性。"

阿木对于小F的感情，就是这种崇拜心理在作祟，他越来越伟岸，她越来越渺小，一直低到尘埃里，并且随着交往的深入，这种差别越来越大。

对于大多数女人来说，爱的意思就是被爱。

不可否认，小F很爱阿木，但是离她的期望值还差很远。她希望他能每天陪在她身边，一起吃饭、看电影，一起做饭，一起回家……可是小F的业务发展越多，他分给她的精力越少。即便他的所有空闲时间都围着她转，依然填补不了她内心缺失的爱。

所有的分手，不过都是女人试探男人的一种方式，是对爱情淡如水的一种恐慌，只需要一个吻、一个挽留，便归于风平浪静。可是，正在工作中的小F却直接挂了她的电话，事情忙完之后再打，她的电话已经关机。

多年后阿木独自去电影院看《前任3》，心里不停地骂孟云和林佳太作，不过都是鸡毛蒜皮的小事，哪儿就闹到分手的地步……可是，骂着骂着，嘴角尝到一股酸涩。

她自己又何尝不是呢！小F的上级领导出差检查业务，那天晚上有一个很重要的应酬，可是她拉着他不放手，直接把他拖到了电影院。一晚上，他的手机响个不停，她电影也没看出个名堂，闹得一肚子气。

那些需要花费很多时间和精力小心维护的，往往最容易崩塌，好的关系从来都不需要煞费苦心经营，彼此享受对方的存在即可。

"佛系爱情"给了阿木很多思考的空间，她往往会退一步思考一段关系，她不想让自己在爱情中过分骄傲，又不允许自卑到尘埃里，两个生命的自由结合，应该是怀着对彼此的欣赏、感激，共同进步。

不少男人很欣赏阿木的这种状态，人不作、话不多，相处起来一点都不累。但是，这就意味着她对他们的依赖太少。太过好强的女人，男人会不自觉地后退，因为他们给她贴了"难以驾驭"的标签。

然而，这世间不是非谁不可。恋爱的时候好好珍惜，尊重平等自由，谁都不要太过骄傲，因为这一辈子真的不是非谁不可。假如不能遇到一个可以走完一生的人，那也没有遗憾，一个人照样也能过得多姿多彩。

　　生活逼着一些女孩子"出家"，她们不争、不抢、不问输赢，只做好自己。

　　你来，我们一路说说笑笑、分享喜怒哀乐；你走，我修身养性、充电加油，享受一个人的生活，憧憬着下一位同路人，把日子过成诗。生命是一场历程，这本身就是一件很有趣的事情。

　　三毛谈起自己的婚姻时说："我们结合的最初，不过是希望结伴同行。"

　　这个世界根本没有非得结婚的年龄，而应该是找一个非常想要结伴同行的人。

　　微疗愈：

　　真正爱你的人，才不舍得让你太懂事呢。同理，如果能够放肆去爱，谁愿意谈一场佛系恋爱呢？

　　"我们恋爱吧？"

　　"都行，看你。"

　　听起来多冷淡，多没感情色彩。

　　所谓佛系恋爱，大多是因为内心对爱情不抱太多渴望了吧，因为没有期待就不会有失望，也不失为一种很好的自我保护办法。

人们越长大越胆小，对待感情也一样，害怕自己付出的真心不能得到同样的回报，担心苦苦追求被拒绝，颜面尽失，所以在内心悄悄地放低了对爱情的期待值，还以为自己做得天衣无缝。

阿木的太过懂事让人心疼，因为没有遇到那个能够包容她个性的人，她才成了感情中的受害者，用莫须有的"佛系恋爱"将自己包裹起来，吓跑了试图靠近的人。

什么才是最好的感情呢？用一句话来概括就是：有足够安全感的感情才是最好的感情。

恋爱当中，男人可能永远都不知道，女人想要的安全感并不是让她知道你到底有多爱她，而是让她明白，不管发生什么事情，你都不会轻易离开她。

女人都期望谈一场暖暖甜甜的恋爱，希望男人能够主动打电话、主动发微信，不管有多忙，也会第一时间秒回自己的信息。他要记得每一个节假日和纪念日，并且精心准备礼物，带来满满的惊喜。

一心一意的陪伴，是最长情的告白。

对于女人来说，最好少拿"佛系"做挡箭牌，与其蹉跎岁月，不如认真审视这段感情是否真的适合自己。如果爱，就用心爱；如果不爱，也请不要浪费彼此的时间。

跟自己相爱，永远不会失恋

总是一脸云淡风轻的维维，忽然透露出焦虑的内心。

有机构研究称：二十八岁是中国社会给未婚女青年设定的一条莫名其妙的死线。到了这个年纪，所有女人都必须做出一个选择，结婚生子，或者这辈子可能都没有第二次选择的机会。

我们一生会遇到很多焦虑的事情，读书时一提起考试，心里头就开始焦虑，怕考不好、怕遇到不会的题目、担心成绩太差对不起父母。这些焦虑，是在选项之间游走的迷茫，往往会随着考试结束而自然而然地结束。

但是二十八岁的焦虑，却不会自然而然地结束，不管你做出什么样的选择，焦虑一直都在。社会和身边的人逼迫你做出一个选择，不同的选项会把你带向不同的人生道路，过上不同的生活，你必须要深思熟虑，自己想要什么样的人生。

这个命题太大，大到维维难以承受这样的压力。

所以当母亲催婚，像赶鸭子似的把她往婚姻之路上赶的时候，她产生了莫名的恐慌，母女之间的战争一触即发。

维维怒怼妈妈："你一个农村老太太，不读书、不看报、足不出户，你瞎凑什么热闹啊！你知道不知道就因为很多人婚前盲目选择，导致离婚率居高不下？现在这个社会，追求的是幸福，而不是一纸合约……"

老太太也是个倔脾气，针锋相对："哪怕今天结婚明天就离婚，那你也得结！"

维维再也不愿意回老家，逢年过节，她就跟小伙伴抱团出游，眼不见心不烦。

她并不是不想结婚，也并不是不愿意去相亲，她只是不想要别人安排她的生活而已，更不想被社会的"主流思想"牵着鼻子走。

这个社会"随大溜"的人很多，跟着别人的步伐，保守地过着小日子，即便可能会出错，但是看到"大部分人"都跟自己一样，心理上便得到了安慰。他们不愿意思考，从来不考虑自己想要什么、要干什么，不愿意审视自己活着的意义，说到底他们是一群"懒人"。可笑的是，这群"懒人"制造的社会现象，组成的社会，不知道什么时候逐渐演变成了"主流"，而且还要所有人都遵从这种"主流"。但凡有人提出自己的观念，就要被指指点点，像身体的异类细胞，杀之而后快。

古斯塔夫·勒庞在《乌合之众》中指出：人一到群体中，智商就严重降低，为了获得认同，个体愿意抛弃是非，用智商去换取那份让人备感安全的归属感。

维维并不觉得随大流就能找到安全感，安全感这东西每个人都能自给自足，不需要向外界寻找。

维维天生的高颧骨，一双眼睛透着犀利的光，一副不服输的高冷范儿。

有思想的女性，理智、成熟，少了很多小女孩的柔和与烂漫。不熟悉的人，给她贴了"高冷"的标签。

维维每每总在心里头呵呵，不做任何解释。

没有与生俱来的高傲，只有后天伪装的高冷。或者说，没有出现一个能够让她热的人，她热给谁看呢？

维维曾经主动攻击过一个男人，大概在半年前。

那时发生了一件震惊全国的"网约车"事件，一个空姐半夜搭乘顺风车去火车站，半路被司机奸杀。举国上下都在谈论这件事情，维维一面为那个空姐可惜，一面又在心里头骂那个女孩笨，一点没有自我保护的意识。

李良在公司茶水间大放厥词："如果女孩子出门前能够卸个妆，这个社会犯罪率会降低好几个点。"

男同事们不怀好意地捧腹大笑，纷纷向他竖起大拇指。

维维倒了一杯咖啡，转身对李良竖起了中指。

李良比维维大两岁，个头矮小、啤酒肚高耸，单身未婚，是相亲市场上的老客户。

他毫不隐瞒自己的相亲经历，绘声绘色地在办公室对女方评头论足，看不上他的，他骂人清高；他看不上的，形容人家是黑心萝卜，即便包装得再好，也是"烂货"。

他从来不为自己的言辞而内疚，还沾沾自喜地说他是个勇敢的人，只是说了大部分男人想说却不说出口的话。

一个人如果无节制地秀下限，那便永远也没有下限。

他爱跟女同事开一些不咸不淡的玩笑，过过嘴瘾。

"小琴，我们别闹了，这几天你不搭理我，我心中都下冰雹了。"

"冰冰，你放在我家的丝巾我一直留着呢，我把它当毛巾用，上面都是你的味道，舍不得洗。"

…………

据说他是老板家的远房亲戚，所有人都碍着面子，不跟他计较。唯独维维对他永远冷冰冰的，让他找不到攻击的抓手。

可是，她越是冷漠，他越是觍着脸主动凑上去，好几次闹到叫保安。

李良见维维给了他一点"好脸色"，恬不知耻地拍马屁："维维小姐一看就是没化妆的，天生丽质……"

话讲到一半，李良从凳子上跳起来，满身的焦煳味。

维维看着空空的杯子，啧啧轻叹："弄脏了我的咖啡！"

女同事们为维维点赞，男同事们偷偷地在背后嚼舌根：这女人恐怕是嫁不出去的，跟疯子似的。

维维不屑地哼了一声，什么样的姑娘如此想不开，才会嫁给这样的烂人。

维维像是一个女权主义斗士，不管是生活还是工作，一门心思地要求男女平等。好在公司是一个新型科技公司，对于奋斗的职场女性，也给了充分发挥的空间。

这是维维觉得自己比较幸运的地方。

女人一旦经济自由，便能摆脱世俗的眼光，站在更高的阶层，冷眼旁观周遭的一切。

所以，维维呼吁女孩子不管处在什么样的人生阶段，都一定要努力工作，因为这能带给她们看得见的回报，升职、加薪、经济独立。

妈妈继续催婚，她觉得女孩子一个人太孤独了，而且古人都说了：男女搭配、干活不累。

就比如家里头的灯泡坏了，即便是叫外人来修，在对方上门之前，也得忍受一段时间的黑暗。

维维给妈妈打了一个比方：单身不过是遭遇几次换灯泡危机，一时的黑暗而已，而嫁错人无异于自己戳瞎双眼，可能会忍受一辈子的"黑暗"。

她没法给未来的那个人做画像，然后像寻人启事似的四处张贴。只有在遇见那个人的时候，她才知道他长什么样。

她妈妈觉得她这是"作"，迟早有一天会把自己"作"得孤独终身。

她不知道以后会怎样，但是最起码她知道自己现在过得不差，这就足够了。

她从来不否认自己的孤独，也不隐瞒自己是一个孤独的人，孤独没什么好羞耻的，她很享受这份孤独。

比如，她喜欢半夜开车在城市的环线上兜风，褪去白日的忙碌，整座城市显现出难得的静谧与安逸，就好像那份不浮躁的等待。

有很多人害怕孤独，然而这个世界上最可怕的事情并不是孤独，而是未知。对未知的恐惧是潜伏在人们本能里的，比如对黑暗的恐惧、对死亡的恐惧等等。

孤独作为人类已知的范畴，有什么可怕的呢？没有人打扰、没有闲事挂心头，才是人生真正的大自在。

维维遇到过一个同样孤独的大男人艾丹，他说："你已经连续好个月，每个星期二的晚上七点左右，从对面的超市出来，大包小包拎很多东西。几乎每个月都一样。"

他比维维小三岁，住在维维对面的小区，站在窗前眺望，马路上的动态一览无余。

他说："如果不是太孤独，我不会从茫茫人海中发现你，观察你。我觉得你也是个很孤独的人，让我们在一起吧，一起联手对抗孤独。"

对待这份感情，维维很认真地尝试过。

但是，如果一个人不能享受孤独，那必定会从另外一个人身上榨取同等分量的自由，以弥补他的缺失，带着两个人一起浸亡在孤独的海洋中。

跟艾丹在一起，维维感觉很累，他时刻需要人陪，而她一直在抽离，争取属于自己的自由空间。

分手的时候，他说："我从未见过像你一样自私的女人！"

按照自己的想法过日子不叫自私，让别人按照你的想法生活，才叫自私。

这是维维多年的座右铭，挂在嘴边的话，可她终究没有说出来。

尼采说：有一天有许多话要说出的人，常默然把许多话藏在内心；有一天要点燃闪电火花的人，必须长时期做天上的云。

听了太多失恋的故事，人们忍不住开始怀疑这世间是否存在不失恋的感情。

维维的朋友圈给了一个确定的答复：跟自己恋爱，永远不会失恋！

微疗愈：

缺爱的人是极其可怕的，但凡接近他们的人，都会被榨干，最终因承受不了生命之重而分道扬镳。

艾丹就是这样的人，他需要维维的陪伴，却不能赠予对方同等分量的东西。

亦舒说：一个人在家看电视并不算寂寞，苍白地坐在话不投机的人群之中，才真正凄清。

跟他在一起，她反而觉得自己越发孤独，差一点儿被淹没。

所以，她主动提出了分手，这一次灵魂的碰撞，终究以失败而收场。

没有谁能够拯救得了谁，如果一个人不能过得好，就别指望跟另外一个人能够过得更好。因为爱情是两个灵魂碰撞之后的一加一大于二的效果，不是削足适履，不是自我牺牲。

与原生家庭和解，做更好的自己

　　单身是一种染色体病变，写进基因里的，会遗传给下一代。

　　虽然没有相关的科学研究证明，可是晶晶却认为她们家族有单身遗传基因，男女均有份。

　　她姑奶奶、她姑姑都是她亲眼见证的单身一族，如今她和哥哥也尚未婚配。

　　晶晶的姑姑在大学做了一辈子的辅导员，很会做学生的思想工作，却没法说服自己走出一个人的世界。

　　据说姑姑年轻的时候有过一段刻骨铭心的感情，对方是她的学生，恋情被捅破之后，她还受到了学校的惩罚。很多学生在背后说三道四，那个学生不过是想不劳而获得到学分而已，她却当了真。

　　分手之后，姑姑再也没有跟任何男人有过来往，如今退休在家，从不掺和小区老太太们的广场舞、麻将桌，闷在家里读书、看报、逗猫，足不出户。

晶晶家里还有一个哥哥，从小在父母的溺爱下长大，在外地读高中时，母亲放弃家里的一切去陪读，他却跟母亲斗智斗勇，复读三年都没能考上。

后来哥哥长大成人，依然不愿意为生活努力，整日游手好闲、一事无成，三十好几的人了，还宅在家里啃老。游戏就是他生命的全部，电脑就是他的情人，谁要是把他和电脑分开，他就死给谁看。

所谓物以类聚、人以群分，晶晶生活在一群大龄单身人士中间，像雨滴融入大海，活得特别自在。当同龄人都被催婚的时候，她我行我素，心情丝毫没受影响。

不过晶晶有点儿"想多了"，她父母因为养了一个光棍儿子在家，整日里唉声叹气，根本无暇顾及她的存在，哪儿还有催她结婚的心情。

晶晶憎恨男女不平等，她觉得生活中唯一让她感到平等的，就是家族遗传的单身基因，男女都有份。每思及此，她都会感觉到一种发自内心的喜悦。

哥哥高中复读了三年，母亲陪了他三年。他们却一分钱都舍不得在晶晶身上花，她初中肄业，刷过盘子、做过礼仪、摆过地摊，后来看到有家店面转租开过简餐店。

所有了解晶晶家族史的人，都认定她这辈子可能并不想嫁人，抑或是月老牵姻缘线的时候把她忘记了。

他们凭借这些就给她贴了标签，虽然她嘴上不说，心里却十分排斥。

晶晶是想嫁人的。她是一个性格内向的姑娘，内心却蕴藏着一团热情的火焰。

从远处看像一团烟，只有走得近的人才看得见那团熊熊燃烧的火焰，对生活的渴望，对父母的报复。

她想谈一场永远不分手的恋爱，生三个性格活泼开朗的孩子，哪怕是三个女孩她也绝对不会偏心。他们住在老家的那种大院子里，夏天的时候邻居们一起在梧桐树下乘凉，讲很多废话，笑声绕梁，三日不绝于耳。

可是，从小到大，她身边只有她自己。

《大话西游》第一部中，至尊宝第一眼看到晶晶姑娘，惊为天人。

他为了她沐浴更衣、刮了胡子，在桥边看到她的背影，帅气地说："长夜漫漫，原来晶晶姑娘也睡不着啊。"

那年的"晶晶姑娘"，貌若天仙，戏里戏外都能吸引至尊宝的眼珠子。

然而，这个三十二岁还单身的晶晶姑娘，却是一只普通得不能再普通的丑小鸭，她不是晶晶小妖。

她个子不高，身体瘦削，像是从来没有发育的样子。她穿了一件超大的T恤，露出两条纤细的腿，仿佛一阵大风刮过来，人就随风飞跑了。

她说她之前得过一段时间的厌食症，经过治疗身体才刚有所恢复，是她近几年来比较好的状态。

晶晶有过一次恋爱经历，那是五年前，她还不像今天这样瘦。她在大学门口开了一家奶茶饮品店，虽然累，收入倒也不差。

她吃了很多苦，都默不作声地扛了过来，一部分是因为她不善言辞，另外一个原因是没人倾诉。

她从来不怕吃苦，如果吃苦就能让生活变得更好，她愿意披星戴月地劳作。如果吃苦能够忘记生活的烦恼，她愿意把自己培养成工作狂，只问耕耘，不问收获。

别人都说一个女孩子家，干吗那么辛苦，找个人嫁了，这辈子不就活得轻松了吗？

很多人都能发现问题的症结所在，却从来不考虑解决问题的办法。他们指出你的问题，不过是信口开河地显摆自己洞察世事的能力，实则一点都不高明。

晶晶的前男友叫亮，他们是在摆地摊的时候认识的。

亮白天在工厂上班，是汽车厂的一个修理工，晚上从城隍庙拿货，开着车到大学城卖毛绒玩具，二十块钱一个，三十块钱俩。

一个人最多只能买俩，三个以上不卖。

晶晶亲眼看到他拒绝顾客。

那天，穿红裙子的姑娘指着亮的车子说，她要买下全部的玩具。男友豪爽地掏钱包，并且嘱咐亮仔细打包送到女孩宿舍楼下。

亮指了指玩具中间的一块硬纸板：每人限购两个，两个人只能买四个。

男孩应该是颐指气使惯了的，哪儿受得了这样的"刁难"，一面骂，一面把一沓人民币扔到亮面前。

双方僵持不下，山雨欲来风满楼。

晶晶在心里埋怨亮的轴，为了不伤和气，她连忙上前打圆场，把钱一张张捡起来，问了男孩地址，允诺很快送过去。

晶晶把钱塞到他怀里，说："有钱不赚，你是傻子吗？"

亮眉头簇成一团："即便不赚，也不能惯这种人的臭毛病！"

很多年之后，晶晶听人说有些手机厂商使用饥饿营销模式赚钱，只有通过网络预订平台，才能购买到手机。她心里微微一笑，原来亮才是营销界的先锋啊。

亮跟晶晶接触多了，透过两张并不漂亮的脸，发现了彼此容貌之外的闪光点。

他们的组合叫"亮晶晶"，开始固然很美好，可终究免不了以分手为收尾。

外人永远都搞不清楚为什么他们会分手，晶晶自己也一头雾水。如果非得说一件记忆深刻的事，那一定跟身材有关。

亮说晶晶太胖了，他喜欢那种盈盈一握的姑娘，长期从事体力劳动的晶晶，显然并不像弱不禁风的样子。

就因为这句话，晶晶每次见到亮，即便他会说很多甜言蜜语，她依然会出戏，恋情浮于表面。

后来，亮所在的汽车厂倒闭，他随之失业，他朋友在江南为他推荐了不错的工作，他打算南下。

晶晶走不开，他也没打算带她走。

他说："我一定会成功的！"

她拼命点头，期待他说更多，可他却惜字如金。

他离开的时间是以年为单位，杳无音讯。

晶晶的母亲知道她被一个男人"骗了"，整天骂她没出息、不要脸，说"也不照镜子看看自己的样子，会有男人主动靠近你吗"之类的难听话，还嚷嚷着要掏干她的腰包，这样她就再也不会被其他男人骗了。

晶晶失魂落魄地过日子，吃很多，身体却日渐消瘦。

她想起小时候她养过的一条土狗，没有城里宠物狗的骄衿，却对她死心塌地。它每天跑两公里去学校接她放学，漆黑的夜晚陪她到荒地上厕所，遇到有人欺负她便狂叫。

她已经有十年没有想起过它，可是有一天吃完饭，她狂呕不止，想起了那条小土狗。

那是一个彩虹挂在天边的傍晚，她放学回来饥肠辘辘，妈妈给了她一碗"羊肉粉丝"，她大快朵颐。吃完饭她去找她的土狗，遍寻不着。

它消失了很长时间，妈妈说可能是跟别的狗跑了吧，村子里确实来了不少野狗；也可能是被坏人给逮走了，村上丢狗事件日益增多，却从没人能找出歹徒。

她为此痛哭流涕，她哥哥厌恶地说："肉都被你吃了，你有什么好哭的？"

她妈妈杀了那条土狗，她吃的那碗"羊肉粉丝"，实则是狗肉粉丝。

事情过去了十年，她以为她早就忘记了那个味道，却没想到突然袭上心头，她连续吐了一个多星期。

晶晶把所有钱都给了母亲，她说她再也不想回到那个小镇。

对"亮晶晶"的这段感情经历，晶晶反复思考。后来她忽然醒悟。他们在一起，他并未做任何承诺，他好像从来就没承认过她这个女朋友，一切都只是她的一厢情愿。比如，她带了很多菜去找他，给他做了一桌子好吃的，好像也没有打动他。

从头到尾，她只是在跟自己谈恋爱，她做了很多，以为他会感动，到最后落泪的却是她自己。

晶晶不知道他们之间算不算谈恋爱，她回想起他们的牵手和拥吻，十分肯定自己是谈过恋爱的。

可是，长期的营养不良，严重损毁了她的记忆。那些她以为的牵手和拥吻，也有可能只是想象出来的，抑或，恋爱就应该有牵手和拥吻，既然他们在恋爱，那一定是发生过的。

所有的事实好像又不太像事实，所有的虚幻好像又不那么虚幻。

有一滴泪从晶晶的眼角溢出。

如今，她们家还是有很多大龄单身男女，这一定是家族的魔咒。

晶晶知道这个社会正在被单身潮所包围，她从网上了解过很多相关知识，甚至做好了一个人过一生的准备。但其实，她很想谈一场恋爱，开启一段稳定的婚姻关系。

"全社会都在讨论单身话题，可是精明的商家在这一社会大环境之下却变得很愚笨，要不然哪儿来的那么多'第二份半价'呢！这个城市对单身人士非常不友好，没有单身套餐、没有专属的娱乐方式、没有平等的目光……"

有朋友劝她去大城市发展，离开了原生家庭的束缚，或许一切都会变得好起来。

微疗愈：

故事中的晶晶姑娘，原生家庭是她永远的痛，她想摆脱，却是以"对抗"的姿态表明立场。不能释怀的人，注定这一生都会负重前行，幸福倒成了镜花水月。

美国著名"家庭治疗大师"萨提亚认为，一个人和他的原生家庭有着千丝万缕的联系，而这种联系有可能影响他的一生。

我们没法选择出身，但求能够认清所处的状况，取其精华、去其糟粕，尽最大的努力去改变。这个改变就是不断自我救赎的过程，也是人生的一堂必修课。

原生家庭不该是我们拒绝成长的理由，因为有些伤害可能是世代相传的，父母也是受害者。

世界上没有完美的父母，同样也没有完美的家庭。所以我们首先要停止谴责和抱怨，与父母进行一场直接的沟通，以一个成年人的姿态，说出内心的苦闷，讲述哪些事件对自己产生了糟糕的影响。这是一种自我情绪发泄的极好方式。

其次，要不沉迷于不开心的往事，聚焦于当下的生活，不带任何偏见地解决一些正在发生的矛盾。

最后，要为自己编织两个美好的故事，一个是关于未来的，你想过什么样的生活，就朝着那样的生活去努力。另外一个是关于过去的，给自己描述一个理想的过去，这在心理学上叫作"叙事疗法"，可以用于生活中的自我治疗。

相爱容易，相处难

冉文文特别不能理解催婚的父母，好像他们动一动嘴皮子，她的姻缘就能从天而降。

被催急眼了，她对父母说："婚姻是两个人的事，你只催我一个人，有用吗？你应该把另外一个人也找出来，催催他，最好给他一巴掌，问他怎么不积极、主动一些。"

冉文文有自己的爱情观，这世间的两情相悦，总得是成双成对的，其他人都不着急，自己为什么要瞎着急？更何况，爱情这事儿，有点儿像玄学范畴，十分奇妙，急不来。

冉文文说了她那份"缘，妙不可言"的感情，她跟她前前男友林泰分手之后，机缘巧合地认识了她的前男友B先生。

听说林泰移情别恋之后，冉文文性情大变，一度光着身子在家里玩游戏，有时候开心地大叫大跳，有时候一瞬间泪崩，鼻涕眼泪一大把。

难以自控。

朋友们都骂她没出息，为了一个不值得的人浪费大好青春，迟早会变成一个神经病。

如果就这么神经了，病得让她能忘记这爱情的伤痛，那真是一件值得期待的美妙事情。

她妈知道她跟林泰分手后，一直催她抓紧时间相亲，都二十八岁的人了，"老姑娘"就要积极主动一点。

冉文文一开始支支吾吾地说一直在努力、从来没放弃，后来干脆不接她的电话。

每个周末，朋友们像变戏法似的弄来一堆男人开"派对"，附在冉文文耳边说哪个是单身，哪个她认为跟她很登对。

冉文文笑而不答，一头扎进厨房专心致志地研究美食——自从打算跟林泰结婚，她的厨艺见长，好不容易有了用武之地。

冉文文可以笑着招待这些朋友们，坐在沙发上抽着烟看着他们嬉戏、欢闹，这种刻意的拉郎配，却是她万万不能接受的。

东寻西找，缘分竟然从大排档中冒出来，撸串的场所，每个人都是本色演出。

冉文文机缘巧合地认识了B先生。

B先生高个儿，体形健壮，骨骼清奇；平头，额头宽；

没有拒人于千里之外的气质；牛仔、T恤，不花里胡哨；十指干净。

这是冉文文的择偶标准，一直挂在她的QQ个人说明中，前男友林泰符合全部要求，如今又出现一个B先生。

冉文文笑而不语，不过是一面之缘，真以为随随便便就能遇到生命中的另一半啊。

缘分这种事情，谁都说不定，所以B先生就这样误打误撞地来了，拉开了另一段感情的序幕。

撸串事件一周后，冉文文正焦头烂额地处理文件，接到一条陌生人发来的讯息，邀约晚上一起玩狼人杀。

单身得越久，越不喜欢热闹的场面，一个人在家玩游戏不寂寞，在一群人当中找不到合拍的人，才真正寂寞。

可是，冉文文到底还是去了，坐在她旁边的B先生主动要求担当她的技术顾问。他一笑眼角的皱纹堆积起来，无端地增加了亲和力。

B先生的出现给冉妈妈一个很大的惊喜，跟审讯犯人似的，很快将他的一切都掌握了，甚至包括他父母的年龄，还和蔼地跟B先生说要好好照顾冉文文，常回家看看。

一份靠谱的缘分，不仅让两个人见面、相识，还会制造更多的机会加深彼此之间的了解，小心翼翼地呵护这段感情。

那天之后，妈妈的电话更勤了，跟冉文文讲"脱单必杀技"，第一条就是遇到合适的人要主动。

自从冉文文上次远程教会她上网，她每天都在网上关注大龄女性，生怕宝贝女儿一不小心成了她甜蜜的负担。

相较于现实的拘谨，冉文文和B先生在网上却能天南海北地侃，甚至忘记拒绝他共进晚餐的邀约。

B先生开车绕了大半个北京城来找冉文文，比约定的时间提前了半个小时。

冉文文以为跟B先生单线联系会冷场，可没想到B先生的话却很多，比网络上表现得热情多了。她实在不好意思泼冷水，吃完晚饭又跟他沿着护城河散步。

B先生说了很多，到最后变得东一榔头西一棒子，没有一点逻辑。

说他小时候的顽皮，跟朋友打架的事儿；说他上大学时的生活，那时的恋情。当前女友让他排行老妈和她谁重要时，他一恍惚，说最爱国。

冉文文呵呵笑，B先生又极其认真而又严肃地夸她牙齿漂亮。

路上行人越来越少，冉文文打了一个哈欠，B先生察觉到了什么，意犹未尽地停止了唠叨，送她回家。

B先生每周都来看冉文文，陪她吃饭、散步，跟她说一些无厘头的话，夏日的北京城闷热，他额头沁出密密匝匝的汗珠。

他要不停地说，因为很珍惜跟她在一起的时间，担心一冷场，就得送她回家。

说了那么多"土味情话"，可最后还是没能留住这份感情，因为林泰回来了，他也有很多身不由己。

冉文文很长一段时间没跟B先生再见面，信息不回，电话不接……

春节，妈妈打来电话，让她跟B先生一起回家，顺便给她过六十大寿。冉文文一早就给老太太准备好了礼物，可是，却不包括B先生，然后她又没少被妈妈啰唆，"不懂得珍惜"是她的新标签。

与前男友林泰算是彻底结束了，他回来没有对她说爱，而是要跟她"算账"，咄咄逼人地问她曾经的海誓山盟哪儿去了。

恶人总是先告状，因为他们有"先入为主"的思想，他们以为自己说什么接下来剧情就会按照他们的想法去演绎，把旁人都当成傻子。

有理不在声高，沉默是对背叛的最好回应。

冉文文只觉得林泰在她耳边叫，她突然读不懂他的语言，她脑子里全都是B先生的信息，一颦一笑、一举一动。

人都是这样，失去之后才知道自己曾经拥有过最好的恋人，就像过去那些时光，当时并不觉得有多珍贵，站在当下回望，满满的都是遗憾。

不做最后的争辩，是给旧情人最好的体面。

过年回家的路上，冉文文接到妈妈的电话，紧张地说："快跟B先生联系，他在往我们家赶的路上迷路了……"

所有人都以为这是故事的结束了，王子终于和公主走到了一起，从此过上了幸福的生活。

然而，并没有。

重新找回彼此的冉文文和B先生恋爱之路并不是一帆风顺，相处的过程中，发生了不少矛盾。

终于在一次争吵之后，冉文文提出要冷静对待这份感情。他们约定分开半年时间，中间不再联系，到时候如果还是想要在一起，就直奔民政局。

如果你喜欢一个人，那就放他走，如果他还能回来，那才说明他是真正属于你的。

半年后，他们结婚了。

这个故事到现在，还是我们朋友圈的传奇。

相爱的人，总是能够找到归来的路。

如果你等的那个人他没回来，不是因为他迷路了，而是他根本没爱过。

微疗愈：

《相爱容易相处难》这首歌里唱道："常听朋友说，两个人的世界，相爱和相处，不如想象的美……女人的爱情是等一种永远，男人的世界，爱是一种火焰。"

科学研究证明，爱的本质是一个个不连续的瞬间，持续不间断的爱情是不存在的，即便是最美好的一段关系，我们也不可能每时每刻体会到"爱"和"被爱"。

在一段好的关系当中，双方都会尽力搜寻彼此身上的优点，值得被赞赏和被感谢的部分，并且善于用语言表达自己的感谢，给予对方充分的尊重。

而在一段不好的关系当中，情侣们看到的是对方的缺点，并且直言不讳地说出憎恶、批评，经常发生言语或者肢体冲突。

要想处理好一段关系，有以下几个秘诀：

首先是改变表达的方式，多说一些感谢的话，即便非常愤怒，也要向对方讲清楚自己生气的原因。

其次不要太小心眼，要善于体谅对方的身不由己，更不要对对方的举动随意猜测和解读，不明白就多交流。

第三是要经常分享彼此的快乐，聆听者也要放下手头工作，给对方鼓励的眼神，让对方说下去。

那些能够相处时间久的情侣，并不是最能压抑情感的，而是拥有一颗包容的心。在不连续的爱情瞬间，每当他们对对方产生了憎恨的念头，都会抱着乐观的态度，包容对方，给予友善的解读。

不爱，与孩子无关

左左有一半维吾尔族的血统，大眼睛、高鼻梁，在她身上随处可见当红明星的既视感。

漂亮是她最重要的标签，岁月丝毫没在她身上留下痕迹。她有时候穿白T恤、连体裤，像是刚下课的大学生。

她经常挎着一个大单肩包，像变魔术似的随手从包里掏出一个乐扣杯子，盛满了手动鲜榨果汁。她经常说像她这样当妈妈的人，出门装备都是齐全的。

左左的"女儿"左小越，已经三年级，她周末送她去补习班，余下的时间都是自己的。

左小越其实是左左的外甥女。姐姐带着父母去旅游，路上发生车祸，三个人都没能安全归来。两年后，姐夫再婚、生子，左小越被送到乡下奶奶家，日子过得邋里邋遢。

左小越三岁那年，左左把她带回家，视为己出，甚至给她改了名字。那一年她才二十三岁，还没从丧失亲人的伤痛中彻底恢复，什么都没有，只有对未来生活的憧憬和勇气。

然而，左左根本没有做好当"妈妈"的准备，左小越刚出现在小区，就围来了不少嚼舌根的人。

门口的保安大叔问左左："这孩子是你的啊？"

超市里的大妈问左小越："你爸爸呢？"

左左被打得猝不及防，随后便将左小越"雪藏"在家中，几乎不带她出门。她不知道自己一个待字闺中的姑娘，要怎样跟别人解释这个孩子的来历，更不想左小越因为流言蜚语而受到伤害。

几个月后，她把左小越送到租住小区附近的一家幼儿园，才有了正常的人际交往。可是，左小越的性格却越来越内向。左左一直让左小越喊她"姐姐"，直到读一年级的时候，左小越才第一次提及"妈妈"，并且很好奇为什么左左不能是"妈妈"。

她们之间交流不多，左左工作忙碌、加班多，左小越小小年纪就可以独自在家玩玩具，安静地等她回来。这让左左既欣慰又内疚，可是现实生活的艰难摆在眼前，始终没法两全其美。

因为工作闲暇之余要照顾左小越，左左随后的几年里，一直无暇谈恋爱。加上身边还有一个"来历不明"的孩子，男人纷纷对她敬而远之。

然而，天知道她有多么想把自己嫁出去，她骨子里还有根深蒂固的想法，女人要在三十岁之前嫁人，才是最好的，更何况嫁了人，她们的生活条件也会有所改变。

左左拍了最好看的照片在网上征婚，她心知自己的美貌，也不掩盖自己的"短板"，"接受左小越"是她的主要条件。

他们不相信她和左小越的故事，暗自揣测她漂亮的外表之下，是否隐藏着什么肮脏的交易和不被外人知道的真相。

人们总是倾向于以最坏的恶意揣测别人，轻易原谅自己的罪行。

二十六岁这年，左左终于等来了她的初恋G。他文质彬彬，喜欢看书、喜欢看海、喜欢看天，更喜欢看左左，他们开始了一段轰轰烈烈的情感，直到G某天突然发现了左小越的存在，他悄无声息地从她的生活当中消失了。

左左内心一片荒芜，她曾经甚至畅想过G会是一个好父亲，一家三口幸福地生活在一起。她一直在找机会告诉G真相，没想到她还没来得及说，他就提前退场了。

五年后，左左认识了程凯，在项目合作过程中，他们对彼此有了进一步的了解。

程凯的出现让左左很迷茫，他对她的关心已经超出了工作关系，她又爱又怕，患得患失。

程凯送左左回家，在楼底下遇见放学归来的左小越，他们彼此看了一眼，什么话都没说。

左小越长大了，越来越懂事，她仿佛知道左左的单身与自己有关，所以她开始有意无意地学会了伪装，像陌路一样，擦肩而过。

左左当然知道她的心思，她不否认自己是矛盾的，有好多次，她差一点就跟程凯说出了左小越的秘密，可是在爱情面前，理智的天平发生了偏移。

她有了自私心，她想如果这个秘密迟早会被揭穿，他迟早会离开她，不如在最坏的结果到来之前，好好享受这份甜蜜的爱情。

她甚至抱有一丝侥幸心理，或许，在跟程凯交往的过程中，他们感情深了，他就不会那么冷漠地提分手；抑或她"意外"有了他的孩子，到时候他就不得不接受她的全部。

终于有一天，左左泪流满面，因为有了这些荒唐的想法，她为自己所不齿。

程凯准备带左左回家见父母的时候，她选择了逃避，把自己关在家里，莫名其妙地生了一场病。

她醒来流泪，入睡又做噩梦，39.5摄氏度的高烧持续了三天，左小越请了门诊的大妈上门给她打点滴，像一个大人似的，对她无微不至。

大病初愈，左左想明白了，如果一个男人决定去爱一个女人，他一定会爱她的全部，有前提条件的爱都不能算是真爱。所以，那些因为左小越而离开的男人，都不是她的那盘菜，因为他们以后也会因为她的年老色衰或者别的什么原因而离开，留不住的。

她坚信，总有一个人会不介意她的一切，爱她的一切。

微疗愈：

韩剧里面带着孩子的漂亮妈妈，一向能够机缘巧合地获得霸道总裁的青睐，谈一场浪漫的恋爱，携手走入婚姻，从此过上幸福生活。

听起来像童话，事实上真的只是童话。

现实生活中的单亲妈妈，不仅要用柔弱的肩膀背负起家庭的重担，还要承受世俗不怀好意的目光，爱情于她们来说，简直是一种奢侈品。久而久之，她们就把自己的情感收纳到心房的一角，见不到阳光，也感受不到温暖。

但是，总有一些勇敢的女人，敢于突破旧有的观念，活出洒脱的自我。

还记得轰动娱乐圈的那个事件吗？

当别人问已经离婚的她什么时候给孩子再找一个爸爸时，她没好气地回："她有自己的爸爸，我为什么要给她再找一个爸爸？"

一句话惊醒了很多沉睡中的单亲妈妈，她们心中火花四溅。

你要找的是自己的伴侣，而不是孩子的爸爸。

你不能永远陪在孩子身边，你还有自己的路要走，不得不背负的重任，不要把自己的一生强压在孩子身上，这样对他们也不公平。

孩子并不是爱情的绊脚石，如果一个男人因为孩子而离开你，那么即便没有"孩子"，他以后也会找到其他离开你的借口。

作为一个单亲妈妈，感情之路要比普通女孩走得更艰难些，但这不是你的错，更不是孩子的错，不要因为一个错的男人为难自己，也不要因为一个无情的男人迁怒孩子。他如果爱你，他会爱你的全部。

疼爱自己，关爱孩子，同时别忘了对自我的提升，这样的你才能真正吸引到对的人。

会说话的人，招人爱

家庭聚会的必备项目之一，未结婚的催婚、结婚后的催生、生过的催再生……对催者来说是乐此不疲的饭后谈资。

Y小姐的家庭聚会也不例外，七大姑八大姨聚在一起，现场乱得像菜市场。

她姑父把牛吹得清新脱俗，她姑姑却一脸崇拜地看着他。

俩人结婚多年，孩子已经上三年级，感情历久弥增。

姑姑考了驾照一年多，姑父从来不让她碰车子，大男子主义爆棚："你一个女人懂什么叫开车吗！"

到现在，姑姑连家里车子的后备厢都打不开，花几千块钱买了一张废纸，她却甜滋滋地说自己喜欢做小女人的感觉。

Y小姐不禁感叹，社会在进步，可女人的思想一点都没跟上节奏，还打算依附男人生活。在一起的这么多年，他把她养成了一个什么都不会干的女人。

想想就很可怕。

姑姑是家里父辈里最小的一个，比Y小姐就大几岁。而姑父正好又比姑姑小上几岁，所以姑父跟Y小姐是同龄人。

有一次从老家回来的路上大家一起聊天，他听说姑姑上街买菜跟人闹了矛盾，心里头特别不舒服，觉得她丢人，当着一车人的面说："以后再发生这样的情况，看我回家不抽你。不打不长记性！"

Y小姐起了一身鸡皮疙瘩。

姑姑偷偷地撇嘴，不屑一顾的样子。

当然，他们从来没有传出过家庭暴力的新闻。

Y小姐非常肯定地告诉自己，她怎么也不会嫁给姑父那样的男人。

然而，家里人却认为嫁人就应该嫁给这样的男人。

虽然姑父说话不着调，经常吹牛，给人一种很轻浮的感觉，可是他们一一列举了他的优点：这两年做业务挣了不少钱，还很顾家，只要有空就在家做饭，接送女儿上学，而且还没有其他不良习惯。

所谓人无完人，家人们在心中做了一番"加减法"，最后确定姑父就是最完美的结婚对象。

当然，在这个加减运算的数学应用当中，"会赚钱"和"顾家"的分值秒杀其他项，也起着决定性作用。

至于爱情，已经可以忽略不计了。

Y小姐的所有恋情，几乎没有让家里人满意的。

她记忆最深的那一段感情，是和她的大学同学陈胜。

开始谈恋爱之前，他们曾经有过一段说不清楚的关系。毕业后在同一个城市工作，他常去她那儿蹭吃、蹭喝，顺带帮忙修修电灯泡、擦擦抽油烟机等等，算作饭钱。

Y小姐也是后来才知道，原来有这么一群人，他们就喜欢到处"蹭"，号称自己是"蹭一族"，破解邻居的无线网络密码、到书店站着阅读最新的书、蹭车回家、到商场蹭冷/暖气等等，陈胜都实践过。

夏天到了，陈胜参与了小区"节能好手"的活动，看哪家一周消耗的水和电最少。他索性切断了自己家的电源，直接杀到Y小姐家蹭网、蹭空调。

后来，Y小姐身边男友空位，他就蹭到了这个"宝座"上。

科学研究证明，单身生活每年要多花费好几万块钱，多排放不少二氧化碳，为了钱包、为了绿色地球，大家都需要开展"脱单行动"！

陈胜总能不断发现他人的有效资源，并充分加以利用，从而改善自己的生活。

蹭课，这是Y小姐跟陈胜"蹭生活"的第一课。为了学外语，他摸清了周边大学外语系的课程表，以及英语角的最新动态，从不缺课，以至于外语系很多同学和老师一致认为他们就是本系的学生。

后来，他以一口流利的英文，成功跳槽去了一家外企。

他们用一生去思考怎样才能找到一个对的人，而很少有人能意识到，所谓对的人，就是让你变得更好的那个人。

为了缓解Y小姐和家里人的关系，陈胜主动拉着她回家"蹭饭"，说了不少好话。

一开始，她妈妈对这个"准女婿"十分满意，变着花样地做美食，到处跟人说陈胜懂事。

所谓成也萧何败也萧何，陈胜跟Y小姐在一起是因为他热情、主动，跟她分手也是因为他热情、主动。

换了新的工作环境，陈胜结识了不少人，他跟他们分享他的经验，甚至亲身示范他是如何到处"蹭"生活的。其中不乏一些漂亮姑娘。

漂亮姑娘是感情生活的威胁，主动又漂亮的姑娘，那简直是绝杀。

陈胜说她比Y小姐弱，更需要有人在身边带她生活。

听说他们分了手，Y小姐妈妈就开始历数陈胜的不是，首先是小气，什么东西都喜欢蹭别人的，一分钱都能掰两半花；其次是脑子里的花言巧语太多，小聪明一堆、大智慧没有……

后来家里人都知道她交往了一个"小气"的男朋友，见面就劝她，男人一定不能小气，特别是对自己的女朋友。她试图跟他们解释，但是百口莫辩，索性就让人说去。

回忆这段感情，Y小姐认为自己还是有收获的，最起码跟他在一起，学到了很多东西。

但是，如果重来一次，她绝对不会再选择陈胜。

之后，Y小姐也不咸不淡地交往过几个男朋友，他们虽然没有统一的外形标准，却像是说好了似的，性格相似——聪明、踏实、心地善良。

陈胜和被家人热捧的姑父是两种截然不同的类型，姑父被姑姑所爱，Y小姐钟情陈胜，上帝不知道用什么方法随机进行了分配，却让人们找到了与自己同类的另一半。

他们每个人都有自己的优点，也有很明显的缺点，但是他们表达爱的方式却大相径庭。

Y小姐不喜欢姑父的霸道、大男子主义，这没错，因为这些话并不是说给她听的，她自然"听不懂"，而能够听懂这份"特殊情话"的姑姑，跟他走到了一起。

而陈胜呢，没准姑姑会觉得他不够有魄力，做事理智不足、小气有余，偏偏Y小姐就看懂了他的用情良苦，而且以后所交往的男友，都有他的影子。

大自然是很奇妙的，人类听到打雷会害怕地躲起来，小孩子甚至会被吓哭，可是小草好像听到了爱的呼唤，迫不及待地露出了它们的小脑袋。

小麻雀在电线杆上叽叽喳喳地"对话"，站在田埂上的孩子们一脸发蒙，它们明明是在交换信息，有欢乐、有兴奋，可是他们听不懂，嫌弃它们聒噪，没关系，因为这些话并不是说给孩子们听的。

你看，不管是人类，还是大自然，都会有一些"对牛弹琴"的事情发生，这是很自然的存在。

情话也一样，如果你"听不懂"别人说的话，请不要表示怀疑，也不要嗤之以鼻，因为这些话并不是说给你听的，说话的人也跟你没有缘分。

爱情，就是要找到那个用你听得懂的语言与你交流的人。入耳的情话，是爱情的密码。

微疗愈：

据说不管怎么选择，大多数人最后都会爱上同一类型的另一半，演绎"从此我爱的人都像你"的故事。不是因为"用情专一"，而是因为人们很少愿意做出改变，坚持在自己的轨道中行走，便只能遇到同一轨道里相似的人。

对于Y小姐来说也一样，她的世界很封闭，没能给自己打开另外一扇门，甚至连一扇窗户也没有打开。在这种情况下想要脱单，就必须重新定位自己的认知，可以沉迷于自己喜欢的情话当中，但是也要懂得睁开眼睛看看其他人的恋爱方式，取长补短。

在爱情当中，一个人的恋爱观也是一个人交友圈的边界所在，如果深陷其中，不但不自知，还容易把问题合理化。

Y小姐的世界太小了，以至于局限了她的世界观。

我们总是本能地排斥一些我们不太能够理解的事物，并且对此嗤之以鼻，最后反成了他人的笑柄。

有时候我们搞不明白对方的"招数"，不是因为他们太俗，而是因为自己坐井观天。

首先，人与人之间的交往是建立在平等友好的基础上的，给予他人更多的包容和尊重，是自己有修养的表现。退一步海阔天空，让出了风度，不仅多了一个朋友，也多了一个机会。

其次，试着真正地换位思考，用别人能够听得懂的语言与他们对话，做到有礼貌地"入乡随俗"，也能增长自己的见识，没准会爱上别人的方式，人生由此发生转变。

最后，即便搞不明白，也不要沮丧。林语堂说过，我们活在这个世上，无非是笑笑他人，同时给他人笑笑。如果不想有任何交集，笑完之后转身离去，一别两宽，也就没了烦恼。

只要爱情，不要同情

因为常坐黄芸的出租车，我们慢慢熟了。

她有一个儿子，一直自己一个人带着。由于我上下班的时间跟她儿子上下学的时间差不多，所以经常会载着我，去学校接送她儿子。

黄芸十八岁那年没了父亲。为了帮母亲照顾幼小的弟弟妹妹，她不得不退了学，后来又考了驾照，"女承父业"跑起了出租。风里来，雨里去，好不容易熬到了弟弟妹妹长大成人，有了自己的家庭，她自己却成了大龄女性。

现在，黄芸已经三十一岁，相了很多对象。他们要么嫌她不够漂亮，要么嫌弃她的工作。希望她的"脱单"大业早日完成，成了她母亲最后的遗愿。

然而，女人过了三十岁，想找一个合适的对象，难上加难。没有外表优势的女人，注定了玩不起一见钟情的相亲，相的全是颜值和气质。

黄芸跟前男友Z就是从朋友发展成恋人的，她很感激他那年能看上他，不仅解决了她的个人问题，还让她找回了自信。

黄芸确实不漂亮，个头不高、嘴唇薄、身体圆润，可她自信的笑容却很迷人。

那时，Z经常乘黄芸的车去上早班，一来二去，俩人渐渐熟稔。

黄芸性格外向、活泼，再加上因为工作原因见多识广，在木讷的IT男Z面前，知无不言言无不尽，这让Z觉得生活好像除了电脑、网络，还有其他很多待开发的东西。

黄芸主动约Z吃饭、看电影，Z竟然没有拒绝。他特别喜欢听黄芸绘声绘色地描述自己的所见所闻，跟听评书似的，他甚至对她有些崇拜。

女人在颜值上不足的，可以通过才华去弥补。

他们走得越来越近，感情也随着距离的缩短而加深。

每个人都有自己独特的地方，关键在于用心发现，并且用真诚和善良去点燃对方的闪光点，让光芒照射人生之路，这便是爱之光。

Z和黄芸的暧昧整整持续了一年多，Z酝酿了很久才有了足够的勇气。一次当黄芸滔滔不绝地说了一个小时"国家大事"之后，他突然蹦出来一句："我们结婚吧。"

这种直接的方式，如果不是遇到"棋逢对手"的人，不但恋情持续不下去，连朋友都没得做。然而，大脑没有沟沟回回的Z脱口而出，踏踏实实的黄芸却没有被吓跑。

这层纸捅破之后，两人迅速进入谈婚论嫁的程序，没有丝毫的犹豫。Z是名牌大学毕业的高才生，在外企上班，人长得帅气，年龄又小黄芸四岁。所以，俩人的恋情遭到了Z家人的强烈反对。

或许每一个母亲对自己孩子的评价都有偏差，在自己人面前，总是提醒孩子要学习"别人家"的；而在外人面前，他们又特别护短，总觉得自己的孩子是最棒的。

Z母亲一直觉得自己儿子是最优秀的，如果不能娶个公主当驸马，那也应该是与富豪家的千金喜结连理，一个"开出租车"的女人拉低了他们的档次啊。

Z把黄芸藏了半年，然而丑媳妇总还是要见公婆的。Z第一次带黄芸回家，他母亲召集了全家人当评审团。黄芸不卑不亢，面对一堆凛冽的问题，她都能对答如流。

她并没有打算讨好他们家人，她做这一切完全是因为不想让他太难堪，说到底恋爱是两个人的事情，就算家里人不同意，只要他认定，她就有足够的勇气。

迫于Z家人的压力，他们退而求其次，先同居。

之后，黄芸继续开出租车，当一个快乐的司机。她早上四五点钟送Z去上班，下午三四点钟把他接回来，同时也结束自己一天的工作，两人在家里一起鼓捣晚饭，读书、看电影。

他们从不把工作带回家，每天形影不离，让人好生羡慕。

会生活是一种能力，有的人不仅先天能力超群，后天又很努力地学习，日子便过得津津有味。

黄芸的出租车，与其说是她的赚钱工具，倒不如说是大家庭的私家车。亲朋好友，谁若是有事儿，只消一个电话，黄芸很快便驱车赶来，还兼职司机。

黄芸很乐意提供帮助，能为亲朋好友做点儿什么，会让她觉得自己有价值。

一个风雨交加的晚上，准婆婆从楼梯上滚下来摔断了腿，一家人急得像热锅上的蚂蚁，还是黄芸冒着生命危险开车把她送去了医院，才把昏迷中的她救了过来。

怨憎会、爱别离、求不得，人生充满了各种不如意，在压力面前有人被打趴下，有人改变了自己的初衷，有人变得面目全非，但是依然有人选择笑对一切，不会因为外界的影响而改变内心的本真。

Z和黄芸虽然力排众议走到了一起，可最后还是没能演绎白头偕老的神话。他们的恋情，前后不过持续了两年多的时间。

在张罗婚礼的这年，Z在外面有了"情况"，那个女孩是他的小师妹，刚从象牙塔里走出来，她跟他有聊不完的话题。当她得知黄芸出租车司机的身份之后，她惊叹他们的差距，心中油然生出对Z的同情，她誓要解救他。

人们会不约而同地认为，强弱夫妻的组合一定没有共同语言，哪儿还能谈得上幸福呢？一定是有言不由衷的苦，于是，他们的同情油然而生。

黄芸被人登门挑衅，Z坐视不管，这才是压垮他们感情的最后一根稻草。

分手是黄芸提出来的，就连准婆婆都为她鸣不平。老太太迈着蹒跚的步伐跑到Z的单位，痛骂他没有人情味。还是黄芸去把她拉了回来，和颜悦色地跟老太太说道理，试图让她明白，与其自取其辱，不如高傲地接受现实。

两个人之间的感情就像盖高楼，建的时候一砖一瓦小心翼翼，而要拆除，只需一颗炸弹，便轰然倒塌。

分手之后，黄芸发现自己怀孕了，她没有告诉Z，毅然决定留下这个孩子。

带着儿子的日子过得很艰辛，一开始开出租车的收入根本不够两人的生活开支，她便下班后摆地摊，生意倒也做得红红火火。

生活虐她千万遍，她待生活如初恋。

她积极向上，俨然是一个当代的"斯嘉丽"，每天用最坚定的语言告诉自己和儿子："明天又是新的一天。"

或许，人生最好的状态就是能够心平气和地接受过去，朝乾夕惕地着眼于当下，意气风发地迎接新生活。

微疗愈：

黄芸和Z之间的亲密关系，是建立在同情的基础上的。他对她的同情。

Z爱上的是那个虽然经历过风风雨雨，却依然能够笑对人生的黄芸，她坚强得让人心疼，我见犹怜。他经常搭她的车，因为他想给她带来多一份的收入。

而Z作为一个不善言辞的IT男，外表木讷，却有一颗年轻的心。他想跟姑娘说话、想开阔眼界，却因为性格的原因，无从下手。黄芸给他打开了世界的另一面。

就这样，两个有伤的年轻人发现了彼此的"共同点"，便选择了"抱团取暖"。

而他们都搞错了，以为这就是爱情了，其实他们的关系只能止步于一个拥抱。

起初，两个人力排众议走到一起，这是同情弱者的力量，决定了他们能够相爱一场。

当最初的同情消失殆尽，当木讷的Z建立了新的爱情观，他们必然会陷入一种尴尬的沉默，分道扬镳也是迟早的事情。

踏入一段长久稳定的关系，延续两情相悦的爱情神话，最重要的还是齐头并进，保持和伴侣相同的步伐。

所以，两个有缘人若是执意走到一起，一定要搞清楚，到底是因为爱情，还是出于同情。

从现在开始，珍惜眼前人

FF的自信由内而外。

她穿超长的碎花裙，傲娇地昭告亲朋好友，她单身是因为她主动选择单身，她随时可以结束。

FF是为数不多的可以掌握自己恋情的姑娘，只要是她认定的对象，不拿下就誓不罢休。

若是女人在爱情中坚定地豁出去，男人必将成为这个社会的弱势群体。

FF虽然三十岁的年龄，却是十八岁的长相，圆圆的脸蛋、小小的嘴巴，一张娃娃脸永葆青春。

顶着这样一张脸，她在不同场合都能吸引男人。之所以这一年来还是单身，是因为她没想好要选哪一个恋爱。她爱他们，又好像都不爱他们。

后来，她总结出来，爱情这件事情有悖常理。

一般来说，一件事情你在犹豫到底做还是不做时，正确的选择是做，因为做了就有机会，不做永远是在观望状态，没有成功的可能。但是如果你在犹豫到底要不要爱一个人，正确的选择是不爱，因为一旦有犹豫，肯定会影响以后的生活。将就的爱情走不远。

婚姻也是一样。

别人还没咂摸顺她这句话的内在逻辑，她很快就转移了注意力，因为她的目光所及，总会有帅哥出现。

跟朋友喝咖啡，她遇到了一个穿小白鞋的帅哥，身高估摸在185厘米，肩宽、腰细、屁股翘，隔着玻璃她都能闻到"乳臭味儿"。

如果不是公共场所，她一定会亮出嘹亮的"流氓哨"，那是她的独门绝学。

几个女人相约打羽毛球，她对着隔壁球场的两个帅哥连连吹口哨，搞得人家嫩脸一红，一晚上都没打好球。

FF钟爱"小鲜肉"，她说这种"新鲜出炉的"好哄，给他们一个"安慰奶嘴"，他们会很听话，省心省时省力。而他们回报她的，是带着奶油香的初恋，不含杂质的爱情。

正应了吸引力法则，你希望自己成为什么样的人、周边出现什么样的人，你就会成为什么样的人、遇见什么样的人。

出现在FF身边的人，清一色的"小鲜肉"，呜呜嗷嗷地等着她的宠幸。

FF喜欢年龄小一点的男生不是没有道理的，他们在新时代长大，更加注重精神层面的教育，懂得体贴女性、尊重女性，而且个人卫生特别好。

以前女生喜欢年纪大的，是因为他们有经济实力，经历过风雨更懂得保护女人，但是现代社会的女性，安全感已经能够自给自足，她们需要的是精神层面的欢愉。

闺密经常拆她台，万一遇到"妈咪宝贝"怎么办？

她非常自信地说："他妈妈能给他爱情吗？他妈妈能陪吃、陪喝、陪玩吗？"

对方不死心，继续怼她："爱情不过是一场疾病，一年半载的人就'痊愈'了，最后还是得回归到吃喝拉撒的婚姻状态。"

FF哀其不幸、怒其不争地说："姐姐，你是要谈恋爱，还是要找人结婚？这是两码事！"

步入三十岁，FF才发现二十多岁时做出的很多选择都是错的，包括选择男人的品位。

但这一切并不晚，就像一个人吃完两个馒头之后肚子饱了，但是绝不能否定第一个馒头的作用。

罗斯福第四次当选美国总统的时候，有记者问他连任四届是一种什么样的感受。他什么都没说，而是请这位记者吃三明治。记者一开始非常开心，然而当他吃到第四个的时候，实在难以下咽。罗斯福总统微微一笑，说："你现在知道那是一种什么感受了吧？"

FF的第一块"三明治"是谁呢？

FF小时候父母离异，高中时她就开始彰显特立独行的个性，学校禁止谈恋爱，她偏偏在校外跟一帮男孩子走得很近。

同桌小正经常像个老人似的，忧心忡忡地提点她："爱情是成年人的游戏，我们这个年纪还只能是围观者，偷偷入局有风险，需谨慎啊！"

她看不惯他老学究的样子，把他的书一股脑儿地推到地上，不屑地瞥他两眼，继续写情诗。少女情怀总是诗。

FF晚上翻墙头出去跟男人玩，那一次她喝多了，虽然意识还算清晰，但是浑身软得像面条。送她回家的男人趁机吃豆腐，上下其手，直接把她拉进了小树林。

人生的第一次没想到在这样的情况下来临，她害怕，但是又孤立无援。男人的胳膊孔武有力，紧紧地揽住她的腰身，她挣扎了两下，徒劳无功。

她挣脱不掉，打算就这样认命了——反正她是坏女孩，做点"坏事"，又算得了什么呢。

一声嘹亮的口哨声划破漆黑的夜空，男人猛地从草丛中跳起来。

又一声。男人毕竟心虚，吓得逃跑了，留她在黑夜里瞪大了眼睛。

她几乎是爬着逃出树林的，昏黄的路灯下映着她纤细的身影，一张脸显得蜡黄又憔悴。

她一直不知道那天是谁吹的口哨，回来之后才意识到当时的危险。

之后，她不再接触那些危险的环境和有歹意的人，抢了小正的笔记本，投入了紧张的学业当中。

高中毕业那天，老师让每个人表演一项自己的"绝技"，小正扭扭捏捏，一时下不了台。就连FF也为他捏了一把汗，他哪儿有什么"绝技"啊。

在众人的怂恿之下，他把两根食指放到嘴边，吹响了刺耳的口哨。

后来，白白净净的小正成了FF的初恋，他还教会了她吹口哨，一只手、两只手，她青出于蓝而胜于蓝，甚至用来调戏小男生。

这么好的男人，FF把他弄丢了，却依然嘴硬不服软，说这样的男人她身边一抓一大把。

小正一点都不正，感情的天平总是偏向他妈，而且结婚后还打算带他的寡母一起生活。

如果老婆和老妈同时掉到水里，他的答案永远是先救他妈。

到谈婚论嫁的地步了，FF哪儿能容忍得了这些，自个儿先在外面租了房子，倒逼着他做出选择。

季节交替，FF高烧不退，在家里苦苦挣扎了一个多星期。病好之后，她忽然觉得再继续斗下去没有什么意义了，她只身来到现在这座城市，开始了全新的生活。

爱情中，两个人的付出就像是筑造一座高高的堤坝，不怕生活的风风雨雨，最怕多如蝼蚁般微不足道的"小事"。

离开小正之后，FF活得更加潇洒，她再不做被动等待的姑娘，见到喜欢的男孩子就像饥饿的人扑在面包上。而且，她还有一条不成文的规则，谈恋爱的时候绝对不说结婚，就好像看到美食绝口不提减肥一样。

只要心中感情有，喝啥都是酒。FF举起一杯咖啡，对朋友们说："来，为爱情干杯。"

FF摇摆着走出咖啡馆，在阳光的照耀下，肌肤越发白皙，像散发着神圣光环的仙子，游走在尘土飞扬的凡间。

然而，谁又能知道，FF从来就没有真正袒露过心声。

小正八年前出车祸去世，根本没有鸡零狗碎的争吵与冷战，一切不过都是她自我麻痹的安慰剂。

FF和小正去青海游玩，下雨路滑，在绕山公路上发生了意外，当时车上的人几乎全部丧命。

FF不能接受小正去世的事实，她找了一个又一个跟小正很像的"小鲜肉"。

他们很像他，却都不是他。

她以为她会爱上他们其中一个，忘记过去重新开始。

但是到最后，她不过试图在找一个一模一样的替代品。

只是，这个世界上永远没有一模一样的两个人，就像找不到两片相同的树叶。

微疗愈:

FF从十八岁开始，一直爱的都是十八岁的小正——因为他的年龄永远停留在了十八岁。

这是FF永远走不出来的痛，她所爱的那些"小鲜肉"们，其实都是十八岁小正的化身。她给自己虚幻了另外一个世界，在那里他们依然还在一起，没有争吵，一直相爱。

常听人家说，只有去世的人才是完美的，死亡能够美化一个人的所有缺点和不足。

两个人相处时，生活的琐事，不断的争吵，样样都在刺激双方的小神经，久而久之对一切都会麻木，包括爱情中的甜言蜜语和曾经的脸红心跳。对彼此的好感逐渐消失，双方的缺点被无限放大，甚至严重降低了生活品质。

但是，死亡这一不可逆袭的分离，却可以轻易抹去这一切的伤害，让对方的缺点消失得无影无踪，只留下无限的悔恨、思念和怀恋。

仓央嘉措在诗中说：这世间事，除了生死，哪一件事不是闲事。

一方去世，另一方带着对他的所有怀念行走人间，两个人的回忆从此只独属于一个人。曾经有多热闹，如今就有多寂寥。

死亡是不可逆转的，作为生者更应该学会珍惜身边人，爱你的、你爱的，包括对自己也应该多一些宽容，别等到失去的时候才懂得珍惜。

你为什么要忘不掉、放不开

朋友们早就提醒过魏冉，M这样的男人绝情，别指望他能跟一个人天长地久。

那一年，魏冉已经三十岁了。

她虽然没想过当下就要找一个人进入婚姻殿堂，可潜意识里也希望遇到一个稍微靠谱的，大家有共同目标，能够往一个方向努力。

偏偏让她遇到了M，一个小她五岁的男人。

第一次见面，他便死缠烂打地追求，在她公司楼下足足等了她三个小时。

长得好看又肯卑躬屈膝地追求女孩子，这样的男孩子就是时下最受欢迎的，每个大龄女性都希望有这样一个小跟班。

魏冉说："我比你大，咱俩不合适。"

M说："我喜欢年龄大的漂亮姐姐，我就没跟年龄小的女孩子交往过。"

魏冉说："我最近工作比较忙，以后有时间再说。"

M说："我可以在旁边陪着你，不说话、不动，你渴了我给你倒水，你饿了我给你叫外卖，绝对是一个好助手。"

…………

小男人谈恋爱激情满满，不论刮风下雨，M都要跑到她的住处看看她，哪怕是在车里聊聊天他也很满足。

魏冉在M身上看到了纯粹的爱情，那是她许久不曾有过的心动。她在感情中是一个被动的人，从未为了一份爱疯狂付出过。

魏冉终于心动，她很期待，在她进入婚姻之前，能够享受一场爱情盛宴，不问结局。

毕竟是传统保守的女性，魏冉小心翼翼地隐瞒这段姐弟恋，对亲朋好友只字不提。甚至家里人介绍对象，她也会背着M去相亲，只为了安抚父母的情绪。

除了不公开两个人的关系，他们完完全全属于彼此，相爱的大半年时间里，他们几乎每天都腻在她的小公寓里。像其他普通的恋人一样，有说不完的话。

三十多岁的女人，皮肤保养的一个秘诀是不做太多的面部表情。而魏冉每每提起M，脸上的表情却很丰富，时而欢乐、时而皱眉、时而挑起眉头挤出清晰可见的抬头纹……

她不知道要怎样形容他，好半天才吐出对他的定义：

"他的生命好像是一块调色板，姑娘是五彩斑斓的色料，他追逐她们，为了让生命更加丰富。"

呵！也就是说用情不专，见异思迁。

他是什么样的人不重要，关键是魏冉怎样认为。

她总是想，如果她打心底认定他是坏男人就好了，她就可以恨他，然后再忘记他，继续前行。

可是，冷静地分析，M是一个没有安全感的男人。他们在一起时，她从没想过这个问题，她把他的坦白当成了一种佐证——她猜得没错，他们之间有无法跨越的鸿沟，他终究是要离开的。

魏冉没有做任何挽留，甚至对他们的恋情更加保密了。她这个年纪的女人，如果找男人再不找一个世俗眼光里老实本分的，那就是不正经。

雪崩时，每一粒雪花都有责任。最后的分手，谁都别想剥离得一干二净。

M不是一个纯粹的坏男人，最起码跟她在一起的那段时光，他是认真的。

M对待恋爱毫不含糊，一旦认定一个姑娘，他会爱得非常投入，好像知道自己某一天会离开似的，把所有的好都堆积在她身上，好在他离开之后，她能用这些"储备感情"，度过一阵子或者一辈子。

只是，他离开的时候也很决绝，连声招呼都不打，便永远消失在她的生活中。

迄今为止，这是魏冉人生中遇到的最好的男人，她甚至怀疑以后再也不会遇到这么好的情人了。

或许，他意识到他在这份感情里抱着游戏的态度，所以他才像是准备后事似的，把所有的爱都给了对方。

因为她对这份感情毫不在乎，所以她肆无忌惮。她记得他曾经问过她会跟怎样的男人走入婚姻殿堂，她调皮地回答："反正不是你这样的男人。"

M嗔怒。然而，谁都没问是否准确解读懂了彼此的真实意图。

在感情的世界里，他若是这辈子非你不可，就一定不会隐藏，更不会做不辞而别的事情。

魏冉跟M在一起的每一天，她都在为分手做准备，就像坠机时，早已准备好了降落伞。

她是一个善于安慰自己的人，"贴心"地为他们的分手设计了一个很凄美的结局——在她的故事里，他是一个身患不治之症的人，为了不让她太难过，他选择对她隐瞒真相。

就像《暗战》的最后结局，身患绝症的华，虽然对梁婉婷情有独钟，依然选择不辞而别，这是最美的成全，成全她以后的幸福生活。

M走后，魏冉再也不想做演技派，拒绝了亲朋好友安排的各种形式的相亲。

她打算拥抱着对他的回忆，独自过一辈子。

M是在魏冉去成都出差期间离开的。他新买的玫瑰花依旧娇艳欲滴，卡片上手写着：跟你在一起的这段日子，我很开心。

病急乱投医，魏冉做了一些愚蠢的举动，比如打电话问朋友她男朋友在哪儿。

她扫街似的找他，去他们经常光顾的游乐场、游戏机房、溜冰场、饭馆、电影院……物是人非事事休。

城市很小，小到能够与一个人在街角不期而遇；城市又很大，大到找一个人如同大海捞针。

一个唯物主义灌溉出来的高级知识分子，甚至开始迷信。很长一段时间，魏冉做什么事情都会心不在焉，因为她有一种强烈的"第六感"，M会突然从某个角落里跳出来，像捉迷藏一样，给她一个惊喜。

她过马路时分了神，差一点连命都搭了进去。

她的腿受了伤，不得不依靠拐杖生活。那三个月，是她人生最黑暗的日子。身体的不灵便，给她的生活增加了难度，她甚至不能一个人去厕所，急得在房间里哭。

在现实面前，失恋的伤痛越发显得矫情，于是她仔细地收藏了起来，从此再没拿出来。

看《红海行动》，面对在耳边乱飞的子弹，狙击手顾顺对紧张的观察兵李懂说："战场上的子弹是躲不掉的。"

人生这一"战场"又何尝不是如此呢？我们遇见什么人，发生什么事，都是"躲不掉"的。与其紧张兮兮疲于应付，不如"让子弹飞一会儿"，安之若素、泰然处之。

著名的洪晃女士虽然长得不漂亮，但是她的很多至理名言，一直是魏冉欣赏的。她说："爱情是神圣的，有投入、有欢乐、有悲伤、有失望，比谨慎小心过一辈子要值得，因为爱情如果不是生命的一部分，生命本身就是要打折扣的。"

那一段和M在一起的岁月，生命因为有了爱情而精彩纷呈。

如今魏冉认为，一个人可以不结婚，但是一定要有爱情；如果没有爱情，坚决不能跟另外一个人瞎凑合。

这三年的时间里，魏冉身边来来去去出现过不少人。她不留余地地爱他们，并且要求对方百分之百地爱她，压根不按世俗的婚姻标准寻找另一半。

她被很多人说矫情，同时也吓跑了很多想要靠近她的人，可是她从来不在乎要离开的人，她甚至告诉他们："离开的时候，请不要打招呼。"

微疗愈：

电影《李米的猜想》当中，李米的男朋友不打一声招呼玩消失，她一边开出租一边找他，整整找了四年，个中心酸自不必多说。

女人是单细胞动物，一旦恋情有了危机感，她们会发脾气、吵架，吸引男人的注意力，嘴上不饶人，心里是一万个不想分的。

但是反观男人呢，他们被贴上"不善于说分手"的标签，先是冷处理，期待顺其自然地结束一段关系；再是步步为营，找很多冠冕堂皇的借口；最后实在找不到借口，干脆拍屁股走人，玩消失。嘴上不说，心里早就已经放弃了这段感情。

所以，假如一个男人突然玩消失，那只有两种可能，一是死了，二是有了新欢，想分手。

明智的女人在发现男人不爱自己的时候，就应该果断地说分手，不要碍于面子，也不要拖拖拉拉，这毕竟关乎自己一生的幸福。

拖的时间越久，伤得越深，最后可能失去爱的能力。

单身，是自由的象征

　　过了三十岁，曲米的座右铭变成了八个字：相由薪生，事来运转。

　　三十岁之前，她一直相信相由心生，一个人内心是什么样，对外展现出来的就是什么样子，所以她读书、旅行，结交多种类型的朋友，注意内心的充盈与自我的修养。

　　这没错，她到现在还在坚持。促使她把"心"改成"薪"的，是她认识的一个朋友。她打开了她认识世界的另一扇大门，完全没有对错之分。

　　曲米毫不掩盖对于物质的追求和向往，一个女人过了三十岁，单身与否都不重要，重要的是要有一定的经济基础。贫穷女人百事哀。

　　她的这个好朋友叫小J，跟她一样来自并不富裕的家庭。小J小时候成绩很好，土里土气的只懂得读书。后来她考上了985大学，一融入大城市，她就仿佛开始了人生第二次发育。

　　小J直言不讳地告诉曲米，努力读书、上好大学，最终的目的是为了实现财务自由。不受经济的约束，才能追求真正的精神享受。

小J读书的时候就在外面做兼职，认识了一个香港老板，卖国外先进的运动康复器材。她跟着老板做了两年，帮他翻译产品说明书、对接医院、运动队等等，不仅练就了一口流利的英文，更建立了良好的人际关系。

毕业后，其他同学汗流浃背地挤招聘会，小J大张旗鼓地搞创业，自己当老板。创业生涯一路起起伏伏，但是她对自己从不抠门。

小J跟曲米差不多大，一张脸却像是永远的十八岁。曲米曾经跟她讨教过护肤方面的经验，她笑着说"都是钱堆出来的"。

她两侧的太阳穴做过脂肪填充，花了好几万块，从大腿根部抽取了一部分脂肪进行注射。虽然在医院里躺了一个多星期，但是达到了自己想要的效果。

上个月去香港打了少女针，据说一针三四万块钱，她打了三针。

更别提平日的大牌护肤品，还有光子嫩肤、激光祛斑、胸部护理……平均下来，每个月要在脸上身上花去好几万块钱。

小J说她十八岁自己能挣到钱，就买了LA MER的护肤品。她说，化妆品一定要用最好的，而且越早用越好，如果等皮肤出了问题再修复，那就属于亡羊补牢，大势已去。

就像车子的养护与维修，功夫在平时。

这世上最好的护肤品，是钱。

那一年曲米二十八岁，化妆台上最常见的护肤品是大宝，随便往脸上一抹，好像只要动作做到位了，就算尽职尽责了，至于效果如何，她从没仔细考虑过。

这个社会对于女人的标准越来越高，单纯的容貌略胜一筹，还不足以满足普世的审美潮流，好看的皮囊和有趣的灵魂，一样都不能少。

小时候相由心生，长大后才真正明白，相由心生，相也由薪生，两者缺一不可。

曲米受到小J的感染，誓要成为一个经济独立的女性，所以当父母催婚的时候，她却从公司离了职、卖了父母倾囊购买的小公寓，直接杀到美国镀金。

曲米的这一举动，惊呆了很多人，他们不敢相信，一个三十岁的女人，不谈恋爱、不结婚、不主动找对象，却钻进象牙塔去读书。这一定是脑子坏掉了。

也就是这一选择，让曲米失去了一次恋爱的机会。

《前任3》《后来的我们》等怀念前任的电影走红时，曲米的前男友也随大溜地找到了她。经过几次约会，感情的余温又死灰复燃，俩人重生情愫。

没有浪漫的求婚仪式，没有戒指，他主动提出要直接跟她结婚。

他说："咱俩年纪都一大把了，别折腾了。更何况，女人年纪大了，终究是要生孩子的，你不怕自己是高龄产妇？"

曲米不怕，那是假的。

但是，如果生活就这样"算了吧"，总觉得人生不够精彩。

当她做出去留学的决定时，他删了她所有的联系方式，很快跟另外一个女人结了婚。

曲米痛哭过后，反而感觉很轻松，他只是为了结婚而结婚，而她只是备选项之一。如果当初真的就这么答应他的求婚，这样的人生，少的不止一丁点东西。

曲米顶着巨大的压力，背单词、考托福。三十岁了又怎样？如果不努力，四十岁还是这样才最悲惨。

曲米大学读的是计算机专业，毕业后虽然进了软件企业，可是做的事情却都很边缘。她想做回技术，谁说女人就不能写代码呢。

她毅然决然地选择了自己的本专业，那里也是美国大学的优势专业，她想毕业之后留在华尔街。

在国外留学，曲米也没让自己闲着。她学的是热门专业，加上她个人的勤奋努力，找到兼职并不难，为国内的朋友写代码就给她带来了可观的收入。

留学期间，曲米学习玩耍两不误。她跟着《美食、祈祷和爱》的镜头，去了意大利、巴厘岛、印度，她在每个地方做一两个月的短暂逗留，感受当地的风土人情。

她在意大利认识的大男孩奥蒂斯，有一双蓝色的大眼睛，比曲米高一个头。他说话的时候喜欢做动作，加强语气，意大利味儿十足。

他作为土著，成了她的导游。他们一起品尝意大利美食，他滔滔不绝地介绍意大利菜的烹饪方法、主要食材等等。

他告诉她食物具有治愈的疗效，如果不开心就多吃一点。

她笑说会长胖。

全球人民都知道中国女孩有多么关注胖和瘦，他拖着很长的音说"不"，先有赘肉然后才有减肥的动力，那样更有成就感。

意大利女孩子追求的是快乐，美食当前若是视而不见，那就是对美食的亵渎，为了让自己更快乐，多吃才是王道。

曲米就是在那时候爱上美食的，在意大利吃意大利面跟国内的感觉完全不一样，好像之前在国内吃的都是假的意大利面。或许跟"橘生淮北则为枳"是同样的道理吧。

离开的时候，奥蒂斯依依不舍，他说要到中国看她。

他今年刚好大学毕业。

曲米内心也很期待他能来，但是如果他不来，她的日子也没差。

曲米在国内钟情于一间小小的甜品店，只能容纳不到十个人，三张桌子形成一个品字形，摆放在房间的角落。

对外营业的窗口，间或有人过来点餐，提拉米苏、柚子茶是标配，写在菜单的最上方，字体遒劲有力。

点心和饮料每样只有三种选择，一个季度更换一次。

曲米坚信吃得好、人就会开心，人开心、事儿就顺了。

当然，请最好的健身教练，制定最适合自己的运动套餐，才不会长胖。

国内互联网科技行业日新月异，曲米毕业之后直接回了国。

她在深圳待了三年，在一家互联网科技公司，白天黑夜地加班，是她想要的"努力就有回报"。

曲米的一个朋友今年拿了一笔风投，她加入了创业大军。

工作忙碌，她更加没时间恋爱了，但是日子却在她的经营下，越来越好。

去年她在深圳买了房子，父母随时可以过来小住，一家人团聚的时间也比较多。

父母老了，在做很多决定时，他们都要征询一下她的意见，让她拿主意。

一个女人年过三十不可怕，一事无成最可悲。

一旦有了属于自己的一片天地，就连父母也不会再把你当成孩子一样看待，这才是真正的成熟。

微疗愈：

一个人知道自己想要什么，并且愿意为了梦想而付出努力，这样的人是自由而又独立的，全世界都会为他让路。

曲米就是这样的姑娘，对于她来说，单身代表她能够按照自己的意愿生活，是成功的标志。

在哪里付出，就会在哪里收获。我们也有理由相信，以曲米现在的能力和资本，她随时能够结束单身状态，只要她愿意。

她的父母也认识到了这一点，把她当成一个成年人展开对话，反倒一点儿都不担忧她的个人问题。

在大多数人眼中，一个女人之所以需要男人，是因为女人本弱，她是娇柔的、需要被保护的。生活这么艰难，一个人哪能扛得动呢？

这才给了很多不相干的人催婚的机会，他们打着"为你好"的旗号，积极撮合有情人在一起，哪怕有时候过犹不及，令人生厌，他们还是乐此不疲。

女人如果想要有一份专属的单身自由，有必要向他人展示一个人的生活也能过得很好，比如有一份收入不错的工作，能够不受现实生活的束缚，把生活打理得井井有条，等等。

如果一个女人可以自由支配自己的人生，拥有解决一切困难的能力，日子过得充实而快乐，便没有人会认为她一定需要一个男人。

靠自己，才能真的快乐

小D很小的时候，妈妈就给她灌输波伏娃的《第二性》，挑选一些有意义的片段读给她听，并且让她背诵其中一些句子。

妈妈让小D谨记的一段话，她终生难忘：男人的极大幸运在于，他不论在成年还是在小时候，必须踏上一条极为艰苦的道路，不过这是一条最可靠的道路；女人的不幸则在于被几乎不可抗拒的诱惑包围着，她不被要求奋发向上，只被鼓励滑下去到达极乐。当她发觉自己被海市蜃楼愚弄时，已经为时太晚，她的力量在失败的冒险中已被耗尽。男人早就懂得，想要快活，就要靠自己。而女人，上天赐予她们的美好礼物其实早就标好了价格。

妈妈告诉她要养成男性思维："靠自己，才能真的快乐。"

爸妈在小D很小的时候就离婚了，妈妈独自带着她去另外一个城市开始了新生活，她打那之后再也没见过爸爸。

小D不记得他的长相，她甚至怀疑自己是一个私生子，可是妈妈从来不跟她讨论这个问题，她也识趣地不去刨根问底。

小时候母女俩租住的房子是老式的一居室，没有电梯，晚上有大货车从旁边的小道上驶过，整栋楼会左右摇摆。

小D跟妈妈的生活基本上是"ＡＡ制"，妈妈是家里的主要经济来源，她就承包了所有家务，洗衣、做饭、拖地等等。她读一年级的时候比五年级的孩子还能干，邻居的大妈都夸她懂事又可爱。

小D对这种分配有诸多怨言，总结起来就是妈妈不爱她，谁家大人会舍得让孩子干那么多活呢。可是等她一个人出来读书、工作，生活一应事情全部可以自己搞定的时候，她才真正懂得母亲的用心良苦。

妈妈早就把生活的道理告诉了她：这个世界上没有谁是可以永远依靠的，想要获得幸福快乐的生活，必须靠自己的努力。

能够自己做的事情，小D从来不去麻烦别人。这是她做人做事的一个基本原则。

正因为太过坚持自己的原则，让她错过了不少试图靠近的男生。他们欣赏她的独立，更多的是冷眼旁观她的挣扎，看她到底能折腾出什么花来，类似于看小说想要掀开最后一页看结局的期待。

不过小D总是能够找到宽慰自己的理由，相爱是顺其自然的事情，如果没能走到一起，那就是不够爱。

小D曾经默默喜欢过一个学长，他们是在校友聚会上认识的，她从学校的通讯录上找到了他的联系方式。

她翻看了他所有的社交媒体，他在一家国字头的单位上班，办公室行政工作，事情虽然杂，倒也过得比较安逸。

小D那会儿刚出来工作一两年，正是事业的上升期，工作上很拼，为了攻克一个难题可以熬一宿的那种拼，出差更是家常便饭。

为了能够接近学长，不管多忙，小D都会跑过去找他吃饭，聊到很晚才依依不舍地道别。

学长知道小D的工作忙碌，非常贴心地说："一个女孩子家，干吗那么辛苦，找个人嫁了，想要什么就有什么。"

这句话听着很刺耳，可是小D还是在心底默默地原谅了学长。这是社会的主流思想，很多人都这样想，但是能够说出来的，都属于真性情，没有坏心眼。

学长也看得出小D的心思，主动跟她表白，并且好心帮她换了一份轻松的工作，在一家大公司做前台。行政工作很适合女孩子。

小D找学长谈了谈，表示自己要继续追求事业，不想过安逸的生活。而且她很爱自己的这份工作，领导对她也很照顾，没有理由走人。

学长是一个传统的大男子，他一门心思想找个小女人结婚，他并不需要一个女强人。学长在心底与她画了一条线，注定了她只能在线外徘徊。

小D感慨颇多，除了工作上拼，洗衣做饭她哪一样落下了呢？可是，她还是被学长贴上了"女强人"的标签。

他们所谓的"小女人"，不是洗衣做饭样样全能，而是赚的钱没有他们多、事业上不能比他们跑得快、心态上不能有太拼的想法。

《第二性》里援引米什莱的话说："想想也真可悲，女人，这个相对的人，只能作为夫妻中的一员来生活，她往往比男人孤独。他广交朋友，不断有新的接触。她若无家庭则什么也不是。而家庭是一种摧残人的负担；它的全部重量都压在她的肩上。"

离开学长之后，小D反思了许久，她甚至怀疑妈妈教给她的那些东西，其实并不是为她好，这会把她带上另外一个绝境。

小D想知道妈妈和爸爸之间到底发生了什么，她跟公司请了假，回了一趟老家。

妈妈在小区里跟叔叔伯伯打牌，见到小D，就让她请客："你这些叔叔伯伯伯母没少照顾我，你要好好感谢他们哦。"

老爷爷老太太们像群孩子似的，嚷嚷着要去吃烤串、喝啤酒，一个指责另外一个糖尿病，然后另一个又指责另一个有痛风，好不热闹。

小D带着一群"老小孩们"去吃大排档，他们爽朗的笑声也感染了小D，一扫多日来的失恋阴影。

妈妈说他们组成了一个社团，目前已经发展到了十多个人的小队伍，打牌再也不担心"三缺一"了，有时候还能一起组团去旅游。

一个伯伯开心地说："要不是你妈妈组了这个社团，不晓得我们这群留守老人还要独自在家面壁多久呢。"

妈妈乐呵呵地说："独乐乐不如众乐乐，大家一起玩才开心呀。"

在外工作生活的小D，本来还担心妈妈一个人在家孤单，没想到她这么让人省心。

妈妈好像看出了她的心声，拍了拍她的肩膀说："看来是时候把我的绝技传授给你了，一脸哭丧的样子，发生什么大不了的事情了？"

或许是性格的原因，妈妈总是有办法找到乐子，小D好像就从来没见过她有任何烦恼。

她是怎么做到的呢？

母女俩回家，妈妈跟她说了年轻时候的事情。

妈妈是在一个远房亲戚家长大的，那个亲戚逼迫她嫁给她表哥，一个患了癫痫的男人，一直娶不到老婆。

可是妈妈却爱上了爸爸，跟爸爸私奔到了另外一个小城。妈妈的表哥不知道从哪儿得到他们的消息，半夜找上门，一定要爸爸放弃妈妈。

表哥拿着刀指着爸爸，他说他有精神病病历在手，即便是杀了人，也不用负法律责任。

爸爸思考了一天一夜，熬得嘴唇发紫。

母亲首先表了态，她愿意跟他逃到天涯海角，可是他却缄默不语。第三天一大早，爸爸便消失不见了。

那一年，小D才三岁。

妈妈从没跟小D提起过那段往事，因为不想让她在仇恨中长大。

妈妈跟小D说，我们没法改变一件事情，那就试着去接受，多看美好的一面。

她说，这个故事也可以这样讲："在我一无所有的时候，有你陪在我身边，洗衣做饭样样精通，对我的无理取闹都能默默地承受；而且我还有一份能够养活咱们俩的工作，虽然辛苦，却是自己双手创造出来的。"

是不是心情就会好很多？

小D后来读爱丽丝·门罗的《逃离》，看到其中的一段话，心有感触："还是别试着逃避了，而是要正视这个打击。如果你暂时逃避，就仍然会一而再地受到它的打击。那可是当胸的致命一击啊。"

小D和母亲一样，都踏上了一条极为艰苦的道路，不过她明白这是一条最可靠的道路。再没什么比知道自己在正确的道路上更重要了，这才是她所为之奋斗的方向。

微疗愈：

当小D从小所接受到的教育，碰到现实生活的真实案例时，她一时招架不住，心碎了一地。

相较于妈妈所受的苦，小D的人生真的太过一帆风顺了。可以预见的是，她以后的人生，恐怕还是要经历不少的挫折。

女人并不是天生的，而是后天形成的。从来就没有人定义女人必须是什么样子，自己活成什么样子，女人便是什么样子。要想靠自己，实现真正快乐的生活，恐怕还得继续修炼。

首先不要怕事。经历的人和事越多，越能在生活中做到得心应手。人就是在解决一个个的麻烦当中长大的，如果事情来了只会躲闪，一心投入妈妈的怀抱中做一个"妈咪宝贝"，那么永远得不到锻炼的机会，也就谈不上掌握自己的命运了。

其次，遇到事情的时候不要怕。发生天大的事情，也要做到"心若磐石、风吹不动"，因为一旦你自己先乱了阵脚，就只能束手就擒，被狠狠地打倒。

最后，要时刻保持乐观的心态。塞翁失马、焉知非福，这世间没有绝对的好与坏。一件事情，反复从多个角度去思考，甚至把它放到人生的长河中去检验，总能找到一个说服自己的理由，让自己重新振作起来。

分手了，就应该老死不相往来

Z小姐有一个包治女人矫情的方法，传女不传男。

因为她之前犯过这种病，在她二十九岁那年，她有种世界末日的感觉，幸而遇得"高人"指点，药到病除。

不论对于男人还是女人来说，二十九岁是一个非常敏感的年龄，这种焦虑来自"三十而立"的恐慌，总结过去一事无成，展望未来前途渺茫。就像小时候考试，马上要交卷子，你的卷面还跟一张白纸似的。你能不着急吗？

焦虑是一种病啊！Z小姐日夜呻吟，读心灵鸡汤寻求良药，没承想鸡汤喝得太多了，导致整个人"虚胖"。

直到有一天丽丽突然出现在她面前。

丽丽跟着老公在国外生活了三年，这些日子她除了照顾老公的生活，还到处旅游，业余报了一个西班牙语言班，掌握了一门小语种。回国后顺利找到了一份不错的工作，做起了翻译。

丽丽对Z小姐说："你现在所有的问题都是闲的，一旦忙起来，就能解决99%的问题！"

Z小姐完全不能理解丽丽的说法，好歹自己也是有工作的，每天在办公室忙得像一条狗。

"你那是瞎忙，瞎忙没有结果，人就随之而焦虑了。"

Z小姐这份工作干了五年，CPI都升了好几轮了，她的工资和岗位还纹丝不动。她一直对这份工作不满意，可却没有勇气跨出去。每天在办公室虽然很忙碌，但是干的大部分活都是给领导端茶倒水、听保洁大姐抱怨工作艰辛。

Z小姐是有梦想的，她读书的时候英语成绩特别好，可是阴差阳错地没能选择英语系，但是她骨子里希望从事跟这门语言有关的工作。她曾经给自己做了许多计划，比如考雅思，考一个七分成绩出来，到时候即便不出国留学，人生的路也会宽一些。

这个计划在箱底压了三年，她一直"没有时间"去主动学习，浑浑噩噩地混到了二十九岁。

这一年，她陷入另一种焦虑，一切都晚了、太晚了。她像那只寒号鸟一样，因为一直没有搭窝，到了冬天一直哀号，哀号，哀号。

一个人要么心安理得地享受一事无成，要么壮士断腕地背水一战，夹在中间的状态就是矫情。

"让自己忙起来，包治矫情。"Z小姐说。

Z小姐二十九岁那年从公司离职，报了英语培训班，半年后拿到了不错的雅思成绩。如今在一个移民公司做外联工作，业余时间在教育机构做兼职英语老师，教别人，也教自己。

　　那年，连同工作一起丢掉的，还有鸡肋的男朋友。

　　男友对Z小姐的宠爱，表现在生活上，工资全部上缴、从不在外应酬、洗衣做饭全部承包。在所有人眼中，他绝对是一个百里挑一的好男友，适合在一起过平淡日子。

　　但是，她却觉得他并不了解她，每当她想要跟他谈梦想时，他总是说她矫情。

　　梦想那是十几岁少年时的追求，一个人从考入大学那一刻起，基本上就定性了。再怎么折腾，也像孙悟空，逃不出如来佛的五指山。他们都是不入流大学毕业的，能有今天还不错的工作和收入，应该懂得好好珍惜。

　　这些都是男友的观点，所谓的幸福就是认识自己的局限性，并且能够安于现状，享受自己的平庸。

　　男友毕业后进了父母所在的国企，前些年又弄到了一个编制，是一个稳稳当当的"铁饭碗"。他说人生不长，最重要的是自己过得舒适，也没多大的追求。他喜欢打游戏，跟上班似的，做好自己应该做的事情，便坐在电脑前专心投入地开始了游戏。

　　他提出结婚，她也答应了。只是，她渐渐不再问自己到底"要什么"，试图跟上他的节奏。他教会了她打游戏，她也玩了一段时间，可是一听到游戏里面的人说英语，她就觉得扫兴；去看美国大片，听到别人一口流利的英文，她也觉得没意思。

那些内心的不安分，总是在夜深人静的时候撩拨她，让她不得安宁。

她提出分手。

他不同意，说："咱俩都要结婚了，你不要脸我还要脸呢！"

在他眼中，她所有的决定都是"折腾"，心里像长了毛似的，不安分。

到底是生活一地鸡毛，还是自己心里长了毛？

他给她下了最后通牒：离开后就别再回来。之后继续打自己的游戏。

杨绛先生说：男女结合最最重要的是感情，双方互相理解的程度。理解深才能互相欣赏、吸引、支持和鼓励，两情相悦。门当户对及其他，并不重要。

她真的就不回头。

从二十九岁到三十一岁，这两年是Z小姐涅槃重生的过程。

工作之余，她又跟丽丽搞了一个公众号，专门介绍出国的相关事宜、国外的风土人情，每天更一篇，即便没有做推广，还是吸引了不少粉丝。

她们做过几期线下活动，吸引了不少有着共同梦想的姑娘。

Z小姐的人生轨迹引来诸多非议，最不能理解的就是父母。他们本来以为她结婚生子一切都是顺理成章的事情，没想到Z小姐半路生出这样的幺蛾子，把自己折腾成了老大难。

老两口从最初的不理解、抱怨，甚至找她的前男友求复合，让他不要跟她一般见识，继续对她好，到如今，他们终于能够接受自己的女儿跟别人不一样了。

两年的时间过去了，Z小姐还是一个人，并不是刻意回避，而是真的就没遇见那个人。

前些日子，前男友结婚特意给她发了一张请帖，请她务必过去。

这期间他们没有任何联系，Z小姐不知道他到底用意何在。或许，他真的是闲的，矫情病发罢了。

请帖在抽屉里躺了三天，她最终决定去捧个场。

到了那天，Z小姐直接从工作场所穿着深灰色西装去了，像是去见一个客户。

她奉上红包，里面装着他所有情人节加上"520"给她的全部红包总额，以求做到两不相欠。

婚礼现场花团锦簇，类似她参加过的无数场婚礼，她完全想象不到如果自己是新娘，会是什么样。

跟他在一起，那是她离婚姻最近的一次。

前男友在门口迎接亲朋好友，两个人相视一笑。她站在一对新人中间照相，他偷偷地说了一句："感谢你能来。"

女孩好像并不了解她的身份，也说着同样感激的客套话。

宴会厅里，她默默地找了一个角落坐下，没有人认识她，也没有人跟她说话。

前男友致辞的时候有点儿紧张，机械地说了很多套话，在外人看来没有一点出彩的地方。

他说："余生请不要跑得比我快，因为我是一个慢性子的人，我会把你跟丢了。我希望我们都成为更好的人，如果不然，我也配不上你，会傻傻地知难而退……"

她感动得稀里哗啦，因为那是他为他们的婚礼准备的台词，是他一笔一画写出来的，当时她还嘲笑他老土，他却说最真挚的感情都是最朴实的，甚至有点儿土。她给他改过几处地方，他不服气，可是念出来的时候还是按照她改过的。

他们都是彼此的初恋，一路走来虽然磕磕绊绊，却早已认定彼此是最亲的人。

她想起《老友记》中，罗斯结婚的时候，叫错了新娘的名字，瑞秋还在台下搞笑了一把，引得观众哈哈大笑。

这真是一个悲伤的故事，没有人懂瑞秋的心碎。

她早早地离开，秋天的晚风有点儿凉，她裹紧了外套，抱着膀子沿着街灯往家的方向走。她很想哭一场，可是她不能哭，她怕哭肿了眼睛，明天没法见客户。

爱情如果不再，事业便是一个女人全部的尊严。

Z小姐没时间去矫情，因为她手头还有很多要做的事情，这就好比她绝对不会允许自己在一个已经打碎的碗上浪费时间。

微疗愈：

Z小姐很忙，工作繁重、客户难缠、绩效压力很大，而工作之外呢，她又有很多其他事情要做，比如运营公众号、举行线下见面会等等。

她的工作太忙了，以至于没有时间寻找爱情，好像也不需要爱情来给现在的生活添乱。

即便很忙，Z小姐还是特意去参加了前男友的婚礼，他们不是朋友，也不是亲人，可见她潜意识中只是想知道，没有她的生活，他是否过得同样好。

她终于得到了答案，他带着对她的全部情感，牵着别的女人的手，走入了婚姻的殿堂。而她终于回到孤身一人的生活。

曾经Z小姐为了事业，放弃了这份爱情，在她事业成功的光彩背后，爱情的碎片也要由她自己捡拾干净。

分手后再见，无疑是痛的，尤其是看着曾经的男友念着为自己准备的致辞，新娘却另有其人。

越是聪明通透的女人，越能明白，如果分手，最好老死不相往来。因为，无论过得好与坏，女人那颗曾经深深爱过的心，再见时都会痛。

既然懂得，何必难为自己？

合适的人，真的没有年龄和距离差

三十九岁的杨梅离婚了。

马尔克斯在《霍乱时期的爱情》中借费尔明娜的女儿之口说出，"爱情在中年女人身上发生是一件非常难堪的事"。

那么，女人中年失婚，又算怎么回事呢？

L比杨梅小四岁，遇见他时，她觉得跟这个"小男人"最多只能玩两年，他根本不适合婚姻。

然而，"两年"复"两年"，两个人在一起时间久了，中间虽然有过争执和分歧，却没人提分手。

后来，架不住L父母的压力，杨梅三十五岁这年，两个人举办了一场小规模婚礼，许下了一生一世的诺言。

杨梅从来没有被催婚，或许母亲也看明白了，婚姻于女人来说，未必是最好的选择。

母亲说，女人的寿命长，而男人偏偏都喜欢找比自己年龄小的女人，到他们身体机能颓败的那天，就成了女人的负担，但是孩子还是需要有的。

对于一直没有孩子，杨梅也曾经耿耿于怀，然而寻了很多名医，依然没有任何进展。她虽然表面上不动声色，但在马路上看到L逗别人的孩子，她心里头还是有些不是滋味。

她用忙碌工作麻痹自己，忙起来就不会想这些事情了。

杨梅三十八岁那年，L不知道从哪儿弄来了一只泰迪，毛茸茸的，身上散发着奶香，他们叫它"羊羊"。

L说，狗儿子也是儿子，我们要像对待孩子一样养它。

抛却"养儿防老"的思想，孩子不过就是成年人的一种精神寄托。如果一条狗同样能带来精神上的满足感，那要孩子干吗呢？杨梅渐渐地放下了执念，加入了丁克家庭的大军，为此还买了不少相关书籍和影视作品。

但此时，L却出轨了。一个晴朗的午后，L说他有儿子了，真儿子。

朋友圈的内容五花八门，每个人的生活都多姿多彩。

而杨梅的朋友圈已经关了一年多了。

将手机扔到一边，电视的声音传到耳朵里，又是关于大龄女性的讨论。一个三十四岁的姑娘，长相好、身材好、经济独立，又是海龟硕士，先后十多次去上海人民广场相亲角相亲，还为自己写了一个满意的征婚广告。然后，很多前来为儿女寻找对象的大叔、大妈开始了他们的表演，有的说"女子无才便是德"，有的说"早三年来，都能排好长的队"，还有的甚至形容她是"偏远郊区房"。

对大龄单身女性的物化和羞辱是这个社会的弊病。杨梅心里苦笑，不知道三十九岁的自己在他们眼中是哪个区域的房子？抑或不是房子，是车子，跑的时间越久越贬值。

同事顾晓雨对杨梅说，这个世界最重要的是健康和钱，一旦有了这两样东西，男人随便挑。

朋友圈、QQ空间、各种交友客户端，只要杨梅一上网，到处都能看到征婚网站的展示广告。那些个帅气又多金的"小鲜肉"，信誓旦旦地向她保证，他们已经买好了房子车子，拥有稳定工作，父母也不用他们操心，岁月静好，只欠一个她。

杨梅自知已经人到中年，即便她有长期运动、美容的良好习惯，奈何总是抵挡不过岁月的腐蚀，没人能够逃得过。她是一个可以在镜子中正视自己的人，眼角的皱纹并不是衰老的铁证，而是那股子暮气沉沉的状态，说不清道不明，全凭感觉。

现在的80后显得暮气沉沉，因为高房价，因为不得志。之前杨梅还觉得搞笑，可是分手的这段时间，自己头上也好像总顶着一片乌云。

房间里的灯泡坏了，杨梅从物业叫了保安来帮忙修理。第二天，那个保安就给她打电话，约她吃饭，说要追求她。

他直言不讳地说看上她了："你看起来也不年轻了，一个单身女人确实很不容易。我家拆迁有三套房，结婚后你想住哪套就住哪套，如果不上班也可以，随便你……"

杨梅哭笑不得，心里头知识分子的清高开始作祟，想她也是堂堂名牌大学研究生院毕业的高才生，什么时候沦落到跟一个目不识丁的保安凑合了？她想起那个在上海人民广场搞行为艺术的姑娘，在一场没有胜算的战场上搔首弄姿，还真是自取其辱。

杨梅委婉拒绝，对方恼了，说她看不起他："怪不得单身到现在，原来是性格有问题！有什么好骄傲的，说不定连孩子都生不出来！"

有同学给杨梅介绍了一个对象，相完亲他提出送她回家，她推辞了好多次才勉强同意。

杨梅对T先生的感觉谈不上讨厌，可也提不起兴趣主动约对方。可能这个年纪就这样吧，她宁可带着羊羊在公园吃饼干，也不愿意主动约朋友吃大餐。

作为同龄人，T先生可能也有同样的心思，所以很长一段时间两人都无动于衷。

一个月后同学又组了个局，T先生和杨梅还是单身，见了面感觉也不差，可就是提不起精神从头再玩一次年轻人的那一套，像面试一样和盘托出自己几十年的人生经历。

问题是，从哪儿讲起呢？太累！

中年人的爱情，开始一句"你好"，结局一句"再见"，便是全部了。

送杨梅回去的路上，T先生淡然地说："不如我们先试试同居吧，让身体来决定是否合适，省时又省力，你说呢？"

杨梅一怔。

他又补充道："现在社会不都是这样吗？先性后爱，因为爱情太宝贵了。试想一下，假如我们花费了很长时间约会，慢慢培养感情，过个一两个月忽然发现我不行或者你有问题……你说这付出的成本多大啊！"

杨梅再也不想到处抛头露面，见到的人越多，她越喜欢羊羊。

顾晓雨说，冷冻卵子，是这个世界上最好的"后悔药"。

思来想去，杨梅决定飞一趟日本，多一个准备总是好的。

临行前，她第一次走进小区门口的宠物宾馆，打算把羊羊寄养一个星期。

杨梅看了一眼他的工牌——小M，彬彬有礼地说了一句："店长，你好。"

后来，小M的主动，让杨梅束手无策，但是她还是勇敢地踏出了一步。

杨梅穿了一件白裙子，简约而不简单。在穿衣风格上，杨梅摸索了很长时间。年轻的时候喜欢"有设计感"的，各种稀奇古怪的造型都敢往身上套，美其名曰"小众"；年纪长了，才发现最经久耐看的，还是那些基础款，最重要的是保持肉身的最佳状态。

那天晚上，小M说了很多话，杨梅把近半年的笑容都给了他。回到家里，她却想不起对方具体讲了什么东西，让她莫名其妙高兴了半天。

以后的日子，杨梅经常能在小区与小M"偶遇"，一起遛狗。两个人的默契，渐渐到了心照不宣的地步。

一起看电影，小M揽住杨梅瘦削的肩膀时，她本能地拒绝。他就那么坚持着，最终她把头靠到了他的肩膀上。

顾晓雨问起两个人的关系，杨梅说他是宠物店的老板，工作关系。

小M几次提出进一步确立恋爱关系，都被杨梅拒绝了。他们已经约过几次会，电影也看了好几场，最亲密的一次接触，是她靠在他身上哭。但这又能如何？她没有勇气跨越这一道年龄的鸿沟。

杨梅的举棋不定让小M十分失望，但更让杨梅失望的是顾晓雨选择性地忽视了杨梅对小M的心思，展开了对小M的追求。

一个漂亮姑娘决定去做一件事情的时候，成功率总是很高的。当他们牵手出现在杨梅面前时，小M面带挑衅，他以为杨梅看不上他，所以他另觅了佳偶。

杨梅的身体检查结果出来了，日方医院让她尽快办理冷冻卵子的手续。

如果女人能够忘记结婚生子这些事情，或者不被这些事情困扰，那么年龄对于她们来说，也仅仅只是一个符号而已。

杨梅所有的伪装突然崩溃，这一次是喜极而泣的泪水，她终于又给自己争取了几年的自由时光，就像白偷来的一样。

再次去日本，杨梅把羊羊送回老家。全程高速，开回去也不过才一个小时的时间。

杨梅本来以为羊羊的出现会增加母亲的负担，但是出乎意料的是，母亲的性格因此变得开朗了许多。

羊羊会察言观色，它把母亲当成一个小公主似的"宠着"，早起给她一个吻、回家为她叼拖鞋、水开了它会汪汪叫……母亲说她从没有被人这样重视过，她早就应该养一条狗，体会这种被依赖、被信任的感觉。

羊羊在老家，也成了杨梅的牵挂。忙碌工作之余，她每过一段时间就回去看它一眼，给母亲带很多东西，陪她做做饭、聊聊天。

这个世界爱情捉摸不定，友情掺杂的外界因素太多，唯有亲情有血缘做纽带，是一辈子改变不了的。

在瞬息万变的社会，幸福就是找到那些不变的东西，并且好好珍惜。

微疗愈：

王朔在《致女儿书》中写道：你必须内心丰富，才能摆脱这些生活表面的相似。煲汤比写诗重要，自己的手艺比男人重要……内心强大到浑蛋比什么都重要。

杨梅到底还不够强大，其实，姐弟恋，又有什么不可以的呢？

恋情本来就是一见钟情的吸引，谁又规定必须是男大女小呢？

前几天看了一部关于姐弟恋的电影《一夜到永远》，男主角汤姆爱上了一个大自己二十一岁的女人艾娃，两个人在一起五年了，她还是不能心安理得 地享受这份爱情，从不在外人面前承认他是她的男朋友，一直等着他离开的那一天。

汤姆的爸爸一句话道破天机，他说："你和我儿子不合适，不是因为生不了孩子，也不是年纪差太多，唯一的原因就是你自己都怀疑。"

是啊，杨梅又何尝不是呢？她和小M之所以没有坚持下来，并不是因为十几年的年龄差，也不是好友的挖墙脚，而是她自己心里就不相信两个人可以走下去。

不管是传统的男大女小"年上恋"，还是冲破世俗的女大男小"年下恋"，没有人能够保证相爱的人一定会天长地久，从青丝到白头。只要两个人在一起时是真真切切的甜，就够了，不是吗？